언니, 밥 먹고 가

언니, 밥 먹고 가

자신만의 세계를 건설해가는 여성 노동자를 위한 함바집,
'함바데리카'에 오신 걸 환영합니다!

에리카팜 대화집

1. 인터뷰이분들에게 사전 질문을 드렸으며 집으로 초대해 식사를 대접하고 아이스 브레이킹 후 편안한 분위기에서 인터뷰를 진행한 관계로, 글은 구어체로 구성되어 있습니다. 또한 다소 친분을 과시했을 수도 있으니 양해 부탁드려요.

2. 이 글을 읽는 분들이 삶의 형태의 다양성을 간접적으로라도 체험해보기를 바라는 마음으로, 인터뷰이분들에게 자세한 이야기를 요청드렸습니다. 다소 장황하더라도 어여삐 보아주세요.

3. 저는 모든 분들에게 '선생님'이라는 호칭을 사용합니다. 누구나 배울 점이 있기 때문이죠.^^

4. 현장의 생동감을 그대로 전달하기 위해 맞춤법에 맞지 않는 입말을 일부 살려 적습니다.

5. 인터뷰들은 2021년부터 2022년에 걸쳐 진행한 것으로, 인터뷰이들의 현재 상황은 그때와 달라졌을 수 있습니다. 그리고 늘 달라질 거예요.

함바데리카를 위해
동묘에서 고른 그릇들

프롤로그

PROLOGUE

'함바데리카'에 오신 걸 환영합니다

*

　백수가 된 어느 여름날 저녁, 1인 가구의 가장이자 성실한 재택근무 근로인 친구 D와 함께 빙수 한 그릇을 때리며 점심에는 무엇을 먹었는지 서로 묻고 답했다. 나는 백김치를 쫑쫑 썰어 들기름에 볶아 '밥도둑'을 만들어 먹었다고 의기양양하게 자랑했고, 친구는 샐러드로 간단하게 때웠다고 했다. 내가 퇴사할 무렵 외국계 기업으로 이직한 친구는 나날이 멋진 커리어를 쌓아가고 있는 반면, 먹는 일은 갈수록 신통치 않았다. 재택근무를 하니 오히려 점심시간의 경계가 모호해져, 샌드위치나 샐러드로 때우거나 너무 바쁜 날은 그마저도 건너뛴다고 했다. 다 먹고살자고 근면도 하고, 성실도 하고, 재택근무도 하는 것이거늘!

　"친구야! 밥을 먹어야지! 곡기를 먹어야지!"

　밥도 먹고 일도 하러 우리 집에 한번 오라고 했더니, 친구는 "에이~ 너희 집이 무슨 함바집도 아니고 뭔 밥을 먹으러 가?"라며 엄치를 챙겼다. 그렇다면 이 가여운 친구를 위해 우

18

리 집을 '까사데리카(Casa d'Erika, 이탈리아어로 '에리카의 집' 이라는 뜻)'에서 잠시 '함바데리카'로 변경하기로 마음먹었다.

"그럼 내가 함바집을 할 테니까 올래?"

'함바집'이라고 하면 건설 현장 등에 마련된 식당을 일컫는 말로, 인부들에게 숙식을 제공하기 위해 세운 임시 건물을 뜻하는 일본어 '한바(はんば·飯場)'에서 유래했다고 한다. 요즘에는 함바집이라는 말을 잘 쓰지 않지만, '함바'와 '데리카' 라는 두 단어의 조합이 입에 착착 붙어 이 이름으로 해야겠다고 결심했다. '함바데리카'라는 이름은 그렇게 우연하고도 우발적으로 탄생했다.

빙수를 싹싹 긁어 먹고 집으로 돌아오는 길목에 능소화가 활짝 피어 있었다. 배가 불러 한껏 센티해진 나는 이 화려한 여름꽃의 꽃말이 궁금해졌다. 검색해보니 '여성' '명예' '이름을 날림' 등의 뜻을 지니고 있었다. '함바데리카'와 능소화, 그리고 여성. 스파크형 ENFP의 사고회로가 바쁘게 움직였고, 뉴런이 몇 번 '쎄쎄쎄'를 나누더니 이런 결말에 도달했다.

'자신만의 세계를 건설해가는 여성 노동자를 위한 함바집, 이름하여 함바데리카!'

함바집이 건설 현장의 식당을 이르는 말이니 뚝딱뚝딱 무언가를 건설해가는 이미지가 떠올랐고, 친구 D 같은 성실한 여성 노동자를 위한 공간에서 밥을 차려줘야겠다는 생각이 더해졌다.

« 네가 뭐냐고 물으신다면, '요리먹구가'라고 답하겠어요 »

이 대목에서 이런 질문이 들리는 것만 같다.

'근데, 너 뭐 셰프라도 돼? 네가 뭔데 밥을 해?'

궁금하시다면 대답해드리는 것이 인지상정. 2021년 7월 자유의 몸이 되기 전만 해도, 나는 적성에 맞지 않는 일이지만 월급을 끊을 수 없어 하릴없이 회사에 다니던 직장인이었다. 시체처럼 출근해서, 좀비처럼 일하고, 산송장으로 퇴근하는 생활을 7년이나 이어가는 동안 가장 많이 했던 생각은 '나만 이렇게 힘든 건가? 다들 이렇게 적성에 맞지 않아도 꾸역꾸역 살아가는 걸까?'였다.

중학생 때부터 '카피라이터'라는 직업을 꿈꿨지만, 어쩌다 보니 병원 전산실 개발자로 일하게 되었다. 그다음에는 기업교육 운영자로 또다시 적성과는 상관없는 직업을 갖게 되었다. 중구난방 경력을 쌓아온 나이기에 다른 사람들은 도대체 어떻게 일하고, 조직생활을 하고, 커리어를 쌓아가는지 늘

궁금했다. '저 사람은 어떻게 저 일을 하게 됐을까? 지금 만족하고 있을까?'

한 가지를 꾸준히 하지 못하는 성격이라 한 직장에서도 2년마다 직무를 변경했지만, 그래도 인생을 돌아보니 지속적으로 하면서 스스로도 즐거웠던 일이 딱 하나 있었다. 집에 손님을 초대해 음식을 대접하고 나눠 먹는 일!

그 시작은 2017년으로 거슬러 올라간다. 무료한 직장생활을 이겨내려고 만든 독립출판물을 친구들이 많이들 사주었고, 고맙고도 미안한 마음에 작은 출판기념회 겸 집들이를 열었다. 이게 몇 번 반복되자 어느 순간 우리 집은 맛집으로 소문이 나 있었다. 대충 세어도 300번은 족히 넘을 만큼 엄청난 식사 자리가 마련됐다.

그야말로 '집낳괴'. 집들이가 낳은 괴물이라고 스스로를 소개하기도 하지만 괴물은 좀 그런 것 같아서, 언제부턴가 '요리먹구가'라는 그럴싸하고 귀여운 직함을 만들어 사용해오고 있다. 300번이 넘는 집들이를 하며 깨달은 사실은, 메뉴는 늘 고만고만하더라도 터져 나오는 이야기는 늘 다르다는 것. 그때그때 손님들과 나눈 이야기들을 모두 적어놓았더라면, 현대인들의 더없이 진실되고도 즐거운 기록이 되었겠다는 아쉬움이 남았다.

그러다 2021년 7월, 마침내 적성에 맞지 않는 일을 때려 치우기로 하고 퇴사했다. 퇴사를 하고 나서야 '꾸역꾸역' 사는 것이 아니라 '뚝딱뚝딱' 자기 인생을 짓고 있는 사람들이 시야에 들어왔다. 이제라도 그들의 이야기를 제대로 남겨야 겠다는 생각이 들었다. 결국 이 프로젝트는 그간 나의 결핍과 아쉬움과 궁금증, 그리고 작지만 내가 할 수 있는 일이 우연한 계기로 탄생한 '함바데리카'라는 이름을 만나 씨앗이 되고, 또 하필 그 이름을 지은 직후 길목에 피어 있던 능소화를 만나 꽃처럼 만개했다.

《 누군가 말했죠, 세상은 넓고 할 일은 많다고 》

길지는 않지만 사회생활을 하다 보니 알게 된 사실 한 가지는, 세상에는 정말 다양한 일과 직업이 있다는 것이다. 하물며 하루가 멀다 하고 새로운 직업이 생겨나는 시대가 아닌가. 나도 한때 교수라는 직업을 꿈꾸며 대학원을 다니던 시절도 있었더랬다. 맨날 보는 사람이라고는 교수들뿐이라 자연스레 교단의 교수님을 동경하게 됐고, 그렇게 강의하는 내 모습을 꿈꾸지 않았나 싶다. 물론 그때는 학자, 연구자로서의 적당한 포부가 있었지만, 돌이켜보니 '교수님'이라는 자리를 상상하고 만들어낸 적당한 허세였는지도 모르겠다.

얼마 지나지 않아 나는 그 자리에 어울리는 사람이 아니라는 사실, 그리고 그 자리에 갈 만큼 넉넉한 상황이 아니라는 현실을 마주하고 뒤늦게 일반 기업의 취업을 준비했다. 좀 더 많은 직업을 미리 경험해봤더라면, 내가 보낸 이십대와는 다른 이십대를 겪지 않았을까 하는 상상을 종종 한다.

결국 내가 하고 싶은 말은 직업 탐색이라는 과정은 비단 '키자니아'에서만 할 게 아니라는 것이다. 대학에 가도, 심지어 취직하더라도 온 생애를 걸쳐 꾸준히 해야 하는 일인 듯하다. 주변에 어떤 일과 환경이 있는지 알아야 하고, 그 사이 어디에 나 자신을 대입할지 시험해보고 경험해봐야 한다고 믿는다. 이 프로젝트를 진행하고 '함바데리언'들의 생생한 이야기를 들으며, 나의 믿음은 더욱 또렷해졌다. 독자분들의 간접 경험에 조금이라도 도움되길 바라는 마음으로, 나는 각 인터뷰이에게 어떤 일을 어떻게 해야 하는지 조금 집요하고 자세하게 묻기도 했다.

과거의 나처럼 적성과 맞지 않는 일을 하느라 고민이 많은 사람들, 미디어에 노출된 모습이나 검색에 의존하여 직업을 선택하려는 사람들, 특히 나의 어린 조카들을 포함해 취업을 앞두거나 그 기로에 서 있을 수많은 분들에게, 세상에는 지금 보이는 것보다 훨씬 더 많은 선택지가 있고 그 과정은 너무나도 다채롭다는 사실을 공유하고 싶었다.

2021년 8월 27일, 인스타그램에 함바데리카 포스터를 게시하자 생각보다 반응이 뜨거워서 놀랐다. 사실 프로젝트를 앞두고는, 온라인상에서 좋은 친목을 다지는 사이지만 집으로 초대하기에는 조금 애매한 인연들이 신청하리라 예상했다. 그런데 웬걸. 댓글로 친구를 소환하기도 하고 게시물을 공유하기도 하며, 나를 모르던 분들에게도 이 게시물이 닿았다. 그런 경위로 함바데리카에 오신 분들 중 절반 이상이 우리 집에서 처음 보는 얼굴들이었다. 차림의 특성상 회당 두 분씩 모셨는데, 어느 날은 삼자가 모두 초면이었으나 떠날 때는 둘도 없는 친구가 되어버린 경우도 있었다.

　지금까지 총 21팀, 도합 41명이 함바데리카를 찾아주셨다. KBS 예능 프로그램 출연 당시 모신 두 분과 이 책을 위해 초대된 스페셜 게스트 두 분까지 포함하면, 모두 45명의 함바데리언이 함바데리카를 방문해 이야기를 나눠주었다. 부디 이 이야기들이 조금이라도 독자분들의 삶을 배불릴 수 있다면 여한이 없겠다.

2023년 7월
조금 먼저 배부른 에리카닭

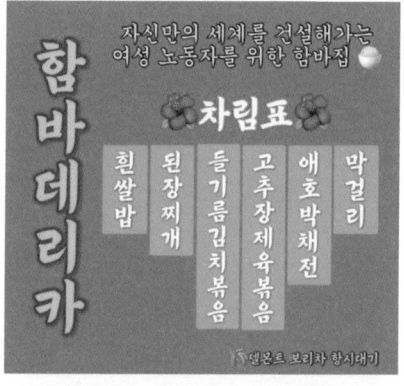

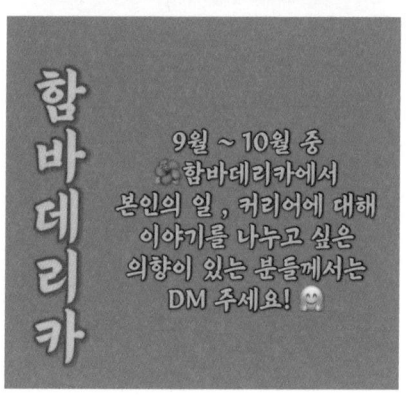

길가에 핀 능소화를 모티브로 구상한 차림표이자 포스터.
함바집이라는 콘셉트를 살려 메뉴를 구성했다.

차례

*

함바데리카의
레시피

{ '국물이 끝내줘요' }
{ 보글보글 된장찌개 }

재료 멸치육수팩 1개, 된장, 국간장, 다진 마늘, 청양고추 2개, 홍고추 2개,
팽이버섯 2봉, 애호박 1개

① 커다란 냄비에 물을 1.5L 정도 부은 후 멸치육수팩을 넣어 팔팔 끓입니다.

② 10분 정도 지나면 육수팩은 제거하고, 된장 2국자를 풀어 넣습니다.

③ 국간장 1/2국자와 다진 마늘 2큰술을 넣어 간을 맞춥니다.

④ 청양고추 2개를 잘게 썰어 넣습니다.

⑤ 팽이버섯의 밑동을 잘라 넣고, 애호박을 반달 모양으로 잘라 넣습니다.

⑥ 마지막에 홍고추를 넣어 붉은색을 더합니다.

'버무림이 생명!'
조물조물 골드키위제육볶음

재료 골드키위 5개, 돼지 앞다릿살 1.2kg, 청주, 설탕, 마늘, 생강, 후추, 참기름, 물엿, 국간장, 진간장, 고춧가루, 고추장, 청양고추 2개, 애호박 1개, 식용유

① 돼지 앞다릿살에 청주 200ml, 설탕 2큰술을 넣어 재웁니다.

② 골드키위 5개와 마늘 10톨, 생강 1큰술을 잘 갈아 앞다릿살과 버무립니다.

③ 국간장 3큰술, 진간장 4큰술, 고춧가루 3큰술, 고추장 3큰술, 물엿 2큰술, 참기름 2큰술을 넣어 양념을 만듭니다.

④ 청양고추 2개는 잘게 잘라주고, 애호박은 반달 모양으로 잘라 넣어 ③과 함께 조물조물 잘 버무립니다.

⑤ 잘 달군 팬에 식용유를 두르고 양념한 고기를 잘 익힙니다.

⑥ 애호박이 고기 위로 올라와 보일 수 있도록 모양을 잘 잡아 섞어줍니다.

⑦ 팬 그대로 상에 내는 것이 더 먹음직스러워요. 쌈채소와 함께 내주세요.

＊

{ '달달 볶아 맛있게!'
들기름김치볶음 }

재료 백김치, 들기름, 다진 마늘, 진간장, 설탕, 통깨

① 백김치를 잘게 썰어 물기를 제거합니다.
② 잘 달군 팬에 들기름을 두르고 다진 마늘 1큰술을 넣어 볶습니다.
③ 어느 정도 마늘이 익으면 잘게 썬 백김치를 팬에 넣고 투명해질 때까지 볶
   습니다.
④ 진간장 1큰술과 설탕 1큰술을 넣고 두르고 조금 더 볶습니다.
⑤ 통깨를 뿌려 마무리합니다.

＊

{ '묵을수록 깊어진다'
들기름묵은지무침 }

재료 묵은지, 들기름, 통깨

① 묵은지를 깨끗한 물에 잘 씻어 잘게 썹니다.
② 들기름을 한 바퀴 둘러 버무립니다.
③ 통깨를 뿌린 후 그릇에 담아 상에 담습니다.

*

{ '애호박의 눈물' 애호박채전 }

재료 애호박 1개, 허브솔트, 청양고추 2개, 새우 가루, 부침가루, 식용유, 홍고추 1개

① 채칼을 이용해 애호박을 채 썹니다. (어차피 부침가루를 더하면 뭉개지기 때문에 모양은 중요하지 않아요.)

② 채 썬 애호박에 허브솔트를 살짝 뿌립니다. 그럼 염분을 만난 애호박에서 즙이 나와요. (그래서 저는 이 전을 '애호박의 눈물'이라고 부릅니다.) 애호박에서 나온 수분 외에 별도로 물을 넣지 않기 때문에 충분히 수분이 나올 때까지 기다립니다.

③ 청양고추를 잘 다져 넣고, 새우 가루를 살짝 뿌립니다.

④ 애호박이 잘 붙어 엉길 수 있을 정도만 부침가루를 넣습니다. 그래야 바삭한 전이 됩니다.

⑤ 팬에 식용유를 충분히 두르고 충분히 뜨겁게 달군 다음, 반죽을 얇게 펴 노릇하게 굽습니다.

⑥ 홍고추 1개를 잘게 썰어 장식합니다.

함바데리카의 인터뷰

Open_the_moon

ain_hong

일과 인생, 그리고
자신에 대한 태도

'더핑크퐁컴퍼니' 유아동 콘텐츠 기획자 홍아인

'더핑크퐁컴퍼니' 유아동 콘텐츠 기획자 문정은

유튜브 영상들을 보다 보면 조회수가 엄청난 콘텐츠들이 많죠. 1억 뷰 콘텐츠를 기획하고 세상에 내놓는 이들은 도대체 어떤 사람들일까? 이렇게 조회수가 많으면 어떤 기분일까 궁금했는데, 그런 분들을 집에 모시고 이야기를 듣게 될 줄은 몰랐습니다.

'동요계의 BTS'로 세계 어린이들의 마음을 사로잡은 '핑크퐁'을 만든 더핑크퐁컴퍼니(인터뷰 시점의 사명은 '스마트스터디')에서 콘텐츠 기획자로 일하고 계시는 두 분을 만나봤습니다. '핑크퐁의 이모들'이라고 해야 할까요? 두 분의 공통점은 다정하고, 자기 삶에 대한 자세가 참 반듯하다는 것이었어요. 또 '나 자신'에 대해서 끊임없이 질문하고 탐구하는 분들이었습니다.

누구시죠?

아인 저는 '핑크퐁' '아기상어' 캐릭터로 많이 알려진 '스마트스터디'라는 회사에서 유아동 콘텐츠를 기획하는 홍아인입니다.

정은 저도 같은 회사에서 유아동 콘텐츠 기획자로 일하고 있는 문정은입니다.

그럼 두 분 다 '아기상어'와 '핑크퐁'의 어머니 아니에요?

고모나 이모라고 부르는 게 더 적합할까요?

아인, 정은 아우, 어머니는 아니고…. 사촌언니! 정도로 하면 될 것 같아요. (웃음)

두 분은 함바데리카를 어떻게 알고 신청하셨어요?

아인 요즘 제가 주체적으로 사는 여성분들이라든지 사이드 프로젝트를 하는 분들에 대해서 관심이 많아요. 그러던 중 '브런치' 브랜드 마케터 키미 님 인스타그램 포스트에서 '요리 먹구가'라는 타이틀을 보고, 호기심을 갖기 시작했어요. 저희가 일을 시작한 지 아직 3년 차밖에 안 되었고 '지금 주체적으로 살고 있나?'에 대해 고민이 많았거든요. 함바데리카에는 대단한 분들만 오시는 것 같아서 망설이고 있는데, 야밤에 에리카팜 님이 인스타그램 라이브를 할 때 "혹시 저도 신청해도 되나요?"라고 물어봤는데 오라고 하셨잖아요? 덕분에 용기를 내서 신청하게 됐어요!

아우, 정말 잘 오셨어요. 흥미로운 일을 하는 분들을 모시게 되어서 영광이에요! 유아동 콘텐츠 기획에 대해서 자세하게 설명해주실 수 있을까요?

정은 저는 '핑크퐁' '아기상어' 콘텐츠에 스토리를 붙여주고, 아이들이 재미있어 할 만한 내용으로 만들고 있어요.

아인 저희 회사 콘텐츠 중 동요가 차지하는 비중이 커요. 그 동요를 제가 짠 콘셉트에 맞게 멜로디 메이킹이나, 작사나, 전반적인 송폼(song form)이나, 편곡의 흐름 같은 것들을 기획하는 일을 주로 하고 있어요.

'핑크퐁의 모차르트' 아니에요?

아인 (웃음) 저희 회사에 닉네임 '베토벤' 님이 계세요. 두 분이나.

기획자분들도 제작에 참여하나요?

아인 네. 기획자의 롤에는 많은 일이 포함돼요. 영상이 만들어지는 전 과정에 참여해요.

유튜브에 '핑크퐁'의 새 콘텐츠라고 올라오기까지는 어느 정도의 시간이 걸리고, 몇 분이 참여해서 만드나요?

정은 저의 경우 시리즈가 아니라 단편을 주로 제작하는데요, 한 콘텐츠당 3개월 정도 걸려요.

3개월씩이나요?! 거의 한 분기가 다 소요되네요.

정은 네. 그런데 3개월 동안 콘텐츠 하나만 제작하는 건 아니고, 여러 콘텐츠들이 동시에 돌아가요.

　　　하나의 콘텐츠는 3개월에 거쳐서 나오게 된다는 말씀이죠? 어떻게 만들어지는지 그 과정을 간략하게 설명해주실 수 있어요?

정은 먼저 기획하고, 대본을 작성하죠. 저는 '놀이 콘텐츠'를 만들다 보니 장난감을 직접 사용하는 실사 장면도 촬영하고, 2D 애니메이션도 제작해요. 인적 구성으로 보면 PD, 촬영 감독, 소품 제작자, 디자이너, 애니메이터 등이 있고요. 음악을 입히는 외주 PD도 함께 참여하죠.

　　　그러면 일고여덟 분이 3개월을 같이 작업해야 콘텐츠 하나가 나온다는 거죠? 엄청 기나긴 여정이네요! 보통 한 영상당 몇 분짜리예요?

정은 5분짜리든 10분짜리든 3개월이 걸리는 건 비슷해요. 3개월이라는 시간에서 더 넘어가면, 콘텐츠가 트렌드를 벗어날 수 있거든요. 또 회사가 체계적으로 굴러가려면 프로세스와 기한 제한이 있어야 해서, 아예 3개월로 정해놓았어요.

　　　아인 선생님이 하는 일도 주로 3개월 주기예요?

아인 저는 2D나 3D 애니메이션을 하고 있어서 소품을 준비하거나 하지는 않는데요. 그래도 캐릭터를 구상한다든지 코스튬 등 디자인 요소들을 작업하는 데 시간이 걸려요. 대충

2~3개월이 소요되죠.

진짜 콘텐츠 하나하나가 정성 덩어리구나!

아인 저희는 늘 3개월을 앞당겨 살아요. 특히 핼러윈과 크리스마스는 몇 개월 전부터 준비하죠. 그래서 지금(10월 초) 크리스마스 시즌 작업을 하고 있어요. 정규 프로그램도 병행하고요.

정규 프로그램이라는 것도 있군요. 방송국처럼 편성이 있는 거예요?

정은 요일별 편성이 있다기보다, 한 시리즈로 묶어놓아서 섬네일만 딱 봐도 '아! 이거 또 나왔네!' 할 수 있는 정규 프로그램이 몇 개씩 있어요.

시리즈같이 큰 줄기의 기획도 선생님들이 하는 거예요? 아니면 누가 대략적인 틀을 짜주면 선생님들이 팔로우하는 방식이에요?

아인 저희는 모든 과정에 다 참여해요.

그러면 사촌언니 정도가 아닌 것 같은데요! 이모라고 해야 맞지 않나요? 이모 이야기가 나와서 말인데, 핑크퐁 관련된 회사에 다닌다고 하면, 조카나 친척 동생, 주변에 있는 어린이 친구들이 정말 좋아하지 않아요?

정은 엄청나게 좋아해요. 주변 지인분들이 자녀한테 "핑크퐁 언니야." 소개하면 애들이 눈부터 반짝반짝!

역시 이미 '핑크퐁 언니'로 통하고 있었어!

아인 그렇죠. 거기서 자부심을 느껴요.

저는 회사 다닐 때 했던 일들이 B2B고, 일반인들이 알 수 없는 일이어서 소개하고 설명하는 데 한참이 걸렸는데…. '난 핑크퐁 언니야, 샤크 언니야.'라고 인사를 건넬 수 있다니, 너무 기분 좋겠어요!

« 1억 뷰 콘텐츠 vs 유느님과의 작업 »

선생님들이 만든 콘텐츠 중 '이거 내가 했지만 너무 잘했다.' 하는 게 있을까요?

정은 제가 참여했던 콘텐츠 중에 1억 뷰를 앞두고 있는 게 있어요. 미국 월마트에서 한 토이로 콘텐츠를 만들어 달라고 의뢰가 왔거든요. 단순한 퍼즐이라서 어떻게 할지 고민하다가, 아이들이 장난감이나 물건을 숨기고 찾는 것을 좋아한다는 사실이 떠올랐어요. 그래서 상어 꼬리, 물고기 꼬리, 인어공주 꼬리, 물개 꼬리 등등이 나오고 그중 상어 꼬리를 찾는 숨바꼭질 콘텐츠를 제작했죠.

아인 꼬리를 다 찾으면 퍼즐이 완성돼요.

세상에! 나의 커리어, 내 인생을 통틀어서 1억 뷰 콘텐츠를 만들었다는 게 얼마나 대단해요! 아인 선생님도 '이건 진짜 잘했다.' 하는 콘텐츠가 있나요?

아인 저는 유산슬 님과 함께 작업했던 콘텐츠가 가장 기억에 남아요.

　　유느님??!!

아인 네, 유느님! <상어가족> 노래를 유산슬 님이 부를 수 있는 트로트 버전으로 편곡하는 작업을 짧은 시간 내에 완성해야 했어요. 이틀 동안 트로트를 200곡 정도 듣고 만들었는데, 다행히 결과가 좋았어요.

　　원래 트로트에 일가견이 없는데도, 트로트를 이틀 내내 듣고 편곡했다고요?

아인 그렇죠. 유산슬 님이랑 하는 콘텐츠이니, 더 잘하고 싶었어요.

　　진짜 '퐁차르트' 같은데요?

아인 의미가 컸어요. TV에도 나오고 기사화도 많이 되고.

　　잊히지 않을 경험이기도 하고, 그냥 일을 떠나서 유재석 님도 만나고~ 정말 좋았겠어요!

« '딴짓'을 하다가 '천직'을 찾다 »

　　아인 선생님은 원래 작곡 공부를 하셨어요?

아인 아니요. 저는 피아노를 전공했어요. 사실 피아노랑 작곡 능력은 별개예요. 작곡은 화성학부터 시작해서 일련의 수업이 필요하기에, 연주를 하는 피아노 전공과는 많이 달라요. 그런데 제가 음대에서 딴짓을 많이 하는 학생이었거든요. 클래식 말고도 다양한 장르의 음악에 관심이 많았어요. 덕분에 트로트, 재즈, 케이팝, 이런 것들로 편곡할 수 있는 나름의 경험이 쌓이지 않았나 싶어요.

학부에서 작곡을 따로 배우지 않았던 거예요?

아인 네, 작곡을 배우지는 않았어요.

어머, 그럼 작곡은 독학한 거네요?

아인 좋아하는 회사에 들어왔으니 욕심이 생겼달까요? 동요와 기성곡의 사이의 세련된 동요를 만들고 싶다는 바람이 점점 커져서 더 파고들게 되었어요.

너무 신기하다. 막 악상이 떠오르나요?

아인 어떤 콘텐츠는 머리를 감다가 멜로디가 떠오른 적도 있어요. 정은 님이랑 만들었던 콘텐츠였는데, 콘셉트도 환상적이고 재밌게 잘 잡혀서 더 잘하고 싶었어요. 나름 노력하는데 계속 안 풀리는 부분이 있어서, 몇 날 며칠을 고민했죠. 그러다 집에서 머리를 감는데 좋은 멜로디가 딱! 떠오른 거예요!

대박이다. 보통 퇴근하면 회사 일은 잊어버리는 분들이 많잖아요.

아인 저희 둘 다 집과 회사의 분리가 안 되는 편이에요. 정말 열심히 생각하고 기획해요.

두 분 다 하는 일에 대해서 몰입이 잘되나 봐요. 게다가
애정하는 마음도 있는 거고! 아인 님은 고등학교 때부
터 피아노를 치고 싶었던 거예요?

아인 저는 어렸을 때부터 하고 싶은 게 정말 많았어요. 음악,
요리, 패션, 뮤지컬 등등. 가장 먼저 시작했던 게 음악이었죠.
예닐곱 살 때부터 다양한 악기들을 접하다가, 피아노라는 전
공은 초등학교 5학년 때 선택했어요.

무지 빨리 선택했네요?

아인 음악 하는 친구들은 대부분 진로를 빨리 선택해요. 주변
친구들을 보면 예고를 졸업한 뒤 음대로 진학하고, 이후 유학
이나 대학원에 가는 경우가 많았어요. 그런데 저는 '문득 내
가 피아노로 유학을 가면 딴짓을 못할 것 같은데?'라는 생각
이 들었어요.

세상에 다른 재미있는 일들이 너무너무 많으니까요?

아인 네. 다른 것도 많이 경험해보고 싶었던 거죠. 이런 생각
을 고등학교 때 부모님께 말씀드렸고, 너무 감사하게도 "그러
면 대학교까지는 피아노로 졸업하되, 네가 해보고 싶은 거는
다 해봐라."라고 지지해주셨죠. 덕분에 피아노 전공자로서도
열심히 했지만, 결과적으로 다른 길을 걷고 싶어서 여러 활동
들을 많이 병행했어요.

보통 미디어에 노출되는 음악가분들의 서사는 어릴 때

부터 특출난 재능을 보이고, 계속 그 길을 정진하는 모습이잖요. 일반인으로서는 이런 사례들만 주로 봐서 그런지, 음악을 하는 분들은 외길 인생을 산다고 생각했는데 그렇지 않은 이야기를 들어서 새로워요. 그럼 딴짓은 어떤 것들을 했어요?

아인 대외활동들을 많이 했어요. 축제 기획단도 들어가보고, 에디터 활동도 짧게 해보고요. 문화 콘텐츠를 복수전공했는데, 다른 과 학생들이랑 다양한 팀별 과제를 하는 게 정말 새로운 경험이었어요. 너무 치열한 거예요! 정말 열심히 참여했어요.

진짜 열심히 학교에 다니셨구나! 그럼 어쩌다가 '핑크퐁'이랑 인연이 됐어요?

아인 대학교 마지막 학기에 시나리오 수업을 들었는데, 디즈니나 픽사 애니메이션을 너무 좋아하다 보니, 자꾸 유아들을 위해 꿈과 희망을 이야기하는 시나리오가 써지는 거예요. 나중에 이런 글을 쓸 수 있는 회사가 어디 있나 찾아보다가 '스마트스터디'를 알게 됐어요.

영상 콘텐츠 기획이라는 포지션이 많은 회사에 있을 텐데, 음악 하는 분이 계시리라고는 전혀 생각하지 못했어요.

« 인생에서 가장 영향력 있는 하루 »

정은 선생님은 문예창작을 전공하셨다고 들었어요.

정은 네. 학창 시절에 글 쓰는 것을 좋아했어요. 고등학교 때도 성적에 맞춰서 전공을 택하는 게 싫었고, 글이랑 관련된 전공을 꼭 하고 싶었죠. 그때는 시인이 되고 싶었어요.

시인이 꿈이었군요!

정은 중2병의 연장선이었는지는 몰라도, 악상이 떠오르듯이 영감이 되는 것들을 글로 써서 표현하곤 했어요. 섬세하게 묘사한다든가 신기한 메타포를 찾아낸다든가 하는 일이 정말 신나서, 매일 새벽까지 하곤 했죠.

아인 너무 멋진 아이였네!

우와! 그럼 문예창작과에 가서 시인이 될 거라고 생각했던 거네요?

정은 그렇죠. 시인이 될 줄 알았는데, 대학교에 와서 조금 더 주체적으로 생각해보고 여러 가지 찾아보고 교수님들도 만나보고 하다 보니까 마음이 바뀌었어요. 글이라는 걸 갖고 상상력을 마음껏 풀어내면서 돈도 잘 벌고 싶다는 바람이 생겼죠. 그래서 광고 카피라이터로 꿈을 바꾸게 되었어요. 그리고 저도 아인 님과 비슷하게 문화 기획을 복수전공했어요.

문예창작이랑 문화 기획을 전공하셨군요!

정은 네. 그리고 광고 동아리나 대외활동을 많이 했어요.

두 분 다 대외활동을 열심히 하셨네요! 그때 했던 대외
활동을 조금 자세하게 설명해줄 수 있나요?

정은 지금도 그런지는 모르겠는데, 제가 학교 다닐 때는 광고
동아리 하면 '4대동'이라고 있었어요. '애드피아' '애드플래쉬'
'애드파워' '애드컬리지'. 그중 애드피아라는 곳에 들어가서
친구들이랑 광고 경쟁 PT를 실제와 비슷하게 해봤어요.

대학생 때부터 그런 걸 연습해야 하는구나! 아주 PT(피
튀)겨 PT(피튀)겨!

정은 강남역 카페에서 같이 밤새우면서 만들었어요. 아, 그리
고 광고회사에서 대학생들을 위한 멘토링 자리를 자주 만들
어요. 이노션에서 멘토링 비슷한 걸 할 때도 같이 참여해 경
쟁 PT를 했죠. 또 TBWA에서도 세 차례 정도 시험을 보고 합
격하면 일할 기회가 주어졌어요. 기획자 5명, 카피라이터 5명,
디자이너 5명, 이렇게 15명을 뽑아요. 선발되면 광고 수업도
매주 들을 수 있고, 현직에 계신 분들이 멘토가 되어 숙제를
내주기도 해요.

신청한다고 다 할 수 있는 건 아니고, 선발이 돼야 할 수
있는 거죠?

정은 네, 선발이 돼야 하죠.

이미 여러 경쟁을 거쳐서 오셨네요! 지금이야 지났으니

까 담담히 말하지만, 그때는 또 얼마나 힘들게 준비하고, 신청하고, 기다리면서 애탔겠어요. 또 선발되면 '나 이거 됐어!' 하면서 얼마나 기뻤겠어요.

정은 그렇죠. 떨어지면 다음 해에 다시 도전하기도 하고요. 참 피 말리는 부분이, 그중에서 우수자로 뽑혀야 인턴을 할 수 있다는 거였어요.

대외활동들로만 벌써 이력서가 풍부했겠어요?

정은 근데 저보다도 더 열심히 한 친구들도 다수였고, 공모전에 입상한 친구들도 정말 많았어요. (겸손)

아인 멋지다, 멋지다, 멋지다.

그래서 광고회사에 다니게 되었다고 하셨죠?

정은 네. 광고회사에 인턴으로 1년 반 정도 있었는데 보험회사, 자동차 회사의 카피라이팅 작업 등을 했어요. 그러다 휴가로 디즈니랜드를 갔는데, '내가 동심을 자극하는 예쁜 것들을 다 놓치고, 생각도 안 하고 살아왔구나.' 싶었어요.

이런 아름다운 세계가 있었는데, 난 놓치고 있었구나?

정은 내가 원하는 게 이런 거인 것 같은데? 거기에 확 꽂혔죠.

그게 몇 살 때쯤인가요?

정은 그때가 스물다섯이었나, 스물여섯이었나?

디즈니랜드에 다녀온 날이 정은 선생님 인생에서 가장 영향력 있는 하루였겠어요!

정은 마지막에 퍼레이드를 보는데 눈물이 나는 거예요. 그때의 감정을 집에 와서 기록해뒀어요. 그러고 나니까 지금껏 하던 일이 더 이상 손에 안 잡히더라고요. 동심과 관련된 일을 하고 싶은데, 정확히 디즈니랜드에서 어떤 포인트에 설렜던 건지 고민을 많이 했어요. 그 결과 '아, 나는 캐릭터를 활용해서 동심을 키워주는 일을 하고 싶구나.' 알게 됐죠. 어린이 콘텐츠지만 어른들이 봐도 재밌고, 또 아이가 어른이 되어서도 생각나는 콘텐츠를 만들고 싶더라고요. 여기저기 찾아보는 중에 지금 회사가 "한국의 디즈니를 꿈꾼다!"라고 크게 기사가 난 거예요! 마침 공고가 올라와 있길래, 기쁜 마음으로 지원했죠. 운 좋게 바로 붙었습니다.

《 일은 결국 사람이 하는 것 》

회사의 좋은 점이 또 있어요?

아인 팀워크요. 우리 회사가 서로 닉네임으로 부르는 등 수평적인 문화를 많이 유지하고 있어요. '꼰대 부장님 때문에 너무 힘들다.' 이런 부분이 없어요. 심지어 저희 대표님 닉네임이 '족장님'이세요. 다들 족장님이라고 부르죠.

굉장히 좋은 면이네요.

아인 그리고 이제 3년 정도 같이 일하다 보니까, 이성적으로 소통하는 방식에 대해서 다들 발전하고 있어요.

조금 TMI이기는 한데, 제가 있었던 조직은 대리·과장·차장 같은 직급으로 나뉘어 있다가, 갑자기 전부 '프로'로 바꾼다고 해서 '프로님'으로 호칭이 통일됐어요. 그런데 과장님한테 프로님이라고 하는 게 예의 없게 느껴지더라고요. 나랑 동급이거나 하면 프로님이라고 하는 게 어렵지 않은데…. 부장님은 프로님이라고 부르면 기분 나빠 하시고요. 그래서 '스마트스터디'의 문화가 더 부럽게 느껴져요.

다시 본론으로 돌아와서! 업무 스킬과는 별개로 회사생활을 하다 보면 처세술 등을 익히게 되잖아요. 3년 정도 다니니 늘었다고 생각되는 부분이 있나요?

아인 정규직으로 3년 일하고서 '내가 진짜 많이 늘었다.' 하는 부분이 있다면 무엇보다 소통이요. 프로젝트를 한 번이라도 쭉 진행해보면, 동료의 일하는 방식이나 성향 등이 대충 파악되거든요. 그래서 잘 맞추려고 하죠. 협업을 통해서 모든 콘텐츠가 만들어지다 보니, 작업 중 감정이 상하거나 커뮤니케이션이 잘 안 됐을 때 우리 콘텐츠에 고스란히 반영되더라고요. 그렇게 악영향이 가면 안 되니까….

어머, 굉장히 애정 어린 말이에요.

아인 부부싸움을 하면 다음 날 음식 간이 잘 안 맞는다는 애기가 있잖아요. 사람들이 모여 하는 일이니까 감정이 일에 영향을 줄 수밖에 없죠. 정말 큰 이슈가 아니라면 명확하게 커뮤니케이션하되, 부드럽게 말하려고 해요. 제가 들었을 때도 기분이 안 나쁘면서, 같이 일하는 사람 입장에서도 '그래, 일정이 빡빡하긴 해도 같이 열심히 해봐야지.' 하는 생각이 들 수 있도록 노력하죠. 그런 처세술이나 커뮤니케이션 방법들을 나름 터득했어요.

생각이 통하는 사람들과 함께하는 조직에 있어서 가능한 부분 같기도 해요. 일을 좋게 되게 하려는 마음을 가진 분들이 모여서 일하니까 원활한 소통과 협력이 가능하다는 생각이 들어서, 감명 깊었어요. 특히 부부싸움 이야기!

《 이미 잘하고 있다! 》

핑크퐁에서 일하는 선생님들에 대해서는 많이 들은 것 같은데, 회사 밖에서의 선생님들도 궁금해요. 두 분은 회사에서 만나 친구가 되신 거죠? 재택근무 중인데 퇴근하고도 이렇게 같이 시간을 보낸다는 게 쉽지 않잖아요. 두 분은 퇴근 이후의 취미생활이나 여가활동이 있나요?

정은 제가 원래 일을 엄청 좋아하고 그냥 일에만 푹 빠져서 지냈는데, 올해 들어서는 나에 대해서 너무 모르는 것 같다는 생각이 많이 들었어요.

어머! 자기 객관화!

정은 "너는 뭘 좋아해?"라고 누가 물었을 때 '그러게. 내가 뭘 좋아하지?' 싶더라고요. '내가 일 말고 무슨 생각을 하고 있는 거지?' 진짜로 일 외에는 아무것도 관심이 없었죠. 심지어 나에 대해서도. 나에 관해 아는 것도 너무 없고, 내가 뭘 좋아하고 뭘 싫어하고 뭐에 화를 내는지도 제대로 모른다는 생각이 들었어요. 그래서 올해는 많이 되돌아보고 스스로를 더 알아보는 시간을 많이 가졌죠.

어떻게요?

정은 내가 뭘 할 때 좋아하는지 키워드들을 정리해봤고요. 최근에는 심리 상담을 하는 분도 만나서 성격이랑 기질도 검사해봤어요.

우와, 검사해보니까 어떤 결과가 나왔어요?

정은 혼자 생각했을 때랑 상담 선생님이랑 같이했을 때 결과가 똑같이 나와서 정말 신기했는데, 매번 나오는 키워드가 '성취'였어요.

어머. 빼도 박도 못하는 ENTJ다. '성취'라는 기질을 확인하니까 어떠셨어요?

정은 인정하게 됐어요. 나는 이런 사람이어서 일을 이렇게 좋아한다고요. 일하면서도 '힘들다, 힘들어 죽겠다.' 하는 게 아니라 '뭘 더 하면 좋을까? 뭐가 생각나는가?'를 고민하거든요. 항상 아이디어를 적어두고 새로운 걸 자꾸 보고 경험하려고 하는 것도, 일이랑 연관시키기 위해서고요. 아인 님이나 에리카팜 님처럼 새로운 뭔가를 생각해내는 게 저한테는 어려운 부분이에요. 사이드 프로젝트보다 지금 메인 프로젝트를 어떻게 하면 더 제대로 키울 수 있을까 하는 생각이 더 크죠.

지금 하는 일에 애정이 있고 몰입해 있다는 증거잖아요.
정은 저는 '기획'이라는 부분에 엄청 애정이 많은 사람이라서, 나중에는 타깃이 달라지는 기획을 해보고 싶다는 바람도 있어요.

그렇게 본인이 원하는 것을 찾아내는 과정이 중요하죠! 사실 많은 분이 직장에서는 일하고 퇴근해서는 집안일 하고, 이런 패턴이 계속되다 보면 본인을 되돌아보고 고민하는 시간이 없잖아요. 아예 시도도 안 하는 경우도 있고요. 선생님 두 분은 대학생 때부터, 아니 훨씬 더 어릴 때부터 스스로 '내가 뭘 좋아하고, 어떻게 하는 게 인생에 중요하지?'를 계속 고민하셨다는 생각이 들어요. 심지어 제가 퇴근하고 하는 일을 물었을 때, 그런 고민을 한다는 답변이 굉장히 신선하고 올바르다는 인상을 받았어요.

정은 잘 크고 있나 보다!

두 분 진짜 웰빙, 웰그로잉, 웰던(Well being, Well growing, Well done)이십니다! 퇴근하고 나를 알아가려고 고민한다는 게…. 이거는 사실 더 많은 연차의 분들도 해보시면 좋겠어요. 아인 선생님은 퇴근하고 어떤 활동을 하세요?

아인 저도 정은 님이랑 이런 얘기들을 굉장히 많이 나눴어요. 한 2개월 동안 단계별로 나를 알아가는 과정, 그리고 이걸 어떻게 일과 삶과 나의 행복으로 연결시킬지 알 수 있는 프로젝트에 참여하기도 했어요.

어머, 그런 프로그램은 어디서 보고 어떻게 신청하는 거예요?

아인 제가 그런 고민을 많이 하고 계속 검색하다 보니까 인스타그램에 '씽 프로젝트'라는 게 추천 콘텐츠로 뜨더라고요. 나의 코어를 찾는 것이 목적인 프로젝트였어요. 그 프로젝트에 참여하면서 '내 코어가 뭐지? 내가 하고 싶은 게 뭐지?'에 대한 고민을 많이 하게 됐어요. 2개월 동안 과제를 하면서 알게 된 사실은, 제가 굉장히 '배움과 성장에 목마른 사람'이라는 거였어요. 내가 왜 요즘 무기력했을까 생각해봤을 때, 어느 순간 정체되어 있다는 느낌이 드니까 '그럼 내가 성장하려면 뭘 해야 하지?' 계속 고민되어서 그랬던 거였어요!

너무 멋진 언니들이다. (찐 감탄!)

아인 나에 대해서 제대로 알 수 있는 시간이었는데, 나를 막 꺼내게 하는 과제들이 생각보다 너무 어려운 거예요. 질문이 세 개밖에 없었는데도, 그걸 채우는 게 진짜 힘들었어요. 여태 나를 너무 몰랐다는 생각을 처음 했어요. '내가 이런 것들을 좋아하는구나. 그리고 내가 이런 사람이구나.' 하고 인정도 하게 됐고요. 이제 다음 스텝으로 또 넘어가야죠.

넥스트 레벨~

아인 프로젝트가 끝나고서는 내가 좋아하는 것들과 강점을 계발하려면 어떻게 해야 할까 궁금해서, 에리카팜 님처럼 주체적으로 사는 분들을 팔로우해서 보고 있어요. '어떻게 프로젝트화를 하지, 아니면 어떻게 다른 사람들한테 알리지?' 등에 대해 많이 배우고 있어요.

이런 고민을 한다는 것도 중요하고, 나를 알아가는 시도를 회사 다니면서 한다는 게 정말 대단하네요. 같은 고민을 공유할 동료가 있다는 사실도 너무 부럽습니다.

아인,정은 이.미.잘.하.고.있.다!

오늘 많은 이야기를 나눠봤는데, 마지막으로 꼭 하고 싶은 이야기가 있나요?

정은 가벼운 마음으로 참여했는데 저 스스로를 돌아보는 시간도 되고, 많은 에너지도 얻었어요.

에너지를 얻었다니, 너무 다행이에요.

정은 그래서 너무 감사하다.

아인 그리고 사랑한다.

너무 훈훈하게 그러시면, 어떡해요? (웃음) 선생님들은 뭘 하든 너무 잘될 것 같은 느낌이에요. 자기의 인생을 대하는 자세가 굉장히 단단하고 단정하다는 느낌을 많이 받았어요. 무엇보다 직장인 3년 차 분들이 할 법한 고민을 명도 높게 이야기해주셔서 감사합니다.

처음에 유아동 콘텐츠 기획자분들이 오신다고 했을 때 함께 나눌 이야기로는 상상하지 못했던 주제들이 나왔지 뭐예요! 특히 퇴근 후 여가생활에 대한 질문에 자신을 알아가기 위한 워크숍이나 클래스를 듣는다는 대답은 정말 뜻밖이었어요. 이렇게 좋은 분들을 알릴 수 있어 너무 감사합니다.

{ 2 }

'이상한 할머니'를
꿈꾸는 흥 부자들

뮤직 큐레이터 현지혜

공연 티켓 매니저 김민영

함바데리카는 인스타그램 다이렉트 메시지를 통해 신청을 받아 진행되었습니다. 두 분이 함께 신청해주시는 경우도 있지만, 대체로 서로 모르는 상태에서 각각 가능한 날짜로 신청하고 저희 집에서 처음 뵙게 되는 경우가 많았습니다.

만난 지 5분이 채 안 되어 함께 노래를 부르는 사람들이 있다? 서로에 대해 전혀 알지 못한 상태로 함바데리카를 신청했지만 신기할 정도로 공통점이 많은 두 사람이었어요. 공연 티켓 매니저인 민영 선생님과 뮤직 큐레이터이자 음악 친화적 콘텐츠 기획자인 지혜 선생님은, 흥미로운 직업을 갖고 있을 뿐 아니라 텐션의 주파수가 통하는 분들이었어요. 흥도 많고 인사이트도 풍성했던 두 분의 이야기를 전합니다.

누구시죠?

민영 저는 프리랜서 공연 티켓 매니저로 일하고 있는 김민영입니다.

지혜 저는 음악 친화적 콘텐츠 기획자이자 편집인, 그리고 뮤직 큐레이터로 일하고 있는 현지혜입니다.

민영 선생님, 티켓 매니저가 어떤 일을 하는지 생소한 분들도 많으실 텐데요. 설명해주실 수 있나요?

민영 공연을 예매할 때 인터파크나 예스24 같은 예매처를 이용하잖아요. 저는 예매처에 공연을 등록하고, 판매를 촉진할 세일즈 방안도 고민하는 일을 해요. 공연이 시작되면 현장에 나가서 티켓을 배부하고, 관객 응대도 하고, 공연 종료 후엔 결산까지, 이 모든 과정을 관리한다고 생각하시면 됩니다.

먼저 제작사로부터 제가 맡은 공연의 전반적인 개요를 받아요. 가장 기본적인 공연 제목부터 시간, 러닝타임, 관람 연령, 등급별 가격, 좌석 배치도, 할인율 테이블 등의 정보들이 담긴 파일인데요. 저희는 보통 '개요'라고 불러요. 전달받은 개요를 토대로 빠진 정보는 없는지, 수정해야 할 내용은 없는지 확인한 후 예매처에 등록을 의뢰해요. 단독으로 한 예매처에만 등록하는 경우도 있지만, 여러 예매처로 나눠 오픈할 경우에는 예매처마다 배정석을 나누기도 하죠.

그리고 티켓을 오픈한 기점부터 매일매일 세일즈 리포트를 작성해요. 예매처에서 회차마다 몇 장이 팔렸는지, 매출이 얼마나 발생했는지, 객단가와 할인율, 점유율 등을 꼼꼼하게 정리해 각 팀에 공유합니다. 해당 리포트를 토대로 세일즈 플랜을 기획하고 실행에 옮기죠. 개막이 다가오면 티켓을 배부할 현장팀 인력을 구성하고 직접 티켓도 나누어줍니다. 더불어 현장에서 발생하는 컴플레인도 대응해야 해요. 그리고 공연이 끝나면 총결산을 하는데, 그러면 비로소 업무가 끝이 난답니다.

세일즈 플랜을 계획한다는 게 구체적으로 어떤 걸까요?

민영 세일즈 리포트를 꼼꼼하게 들여다보면 알게 되거든요. 어떤 회차가 잘 팔리는지. '이 회차는 주말이라 판매가 잘되는구나, 이 회차들은 특정 배우가 출연해서 판매가 잘되는구나.' 등등. 그렇다면 상대적으로 판매율이 저조한 회차의 판매를 촉진할 수 있는 방법을 모색해요. 예를 들어 소셜커머스에서 비지정석을 지정석보다 저렴한 가격으로 판매한다거나, 지정석 예매처에서 타임세일을 진행해 판매가 저조한 회차들만 좀 더 할인해주는 식으로요.

정말 하는 일이 너~무 많네요. 그런데 이렇게 유기적이고 체계적인 일들을 어떻게 프리랜서로 할 수 있어요?

민영 시스템이 잘 갖춰진, 티켓 매니지먼트 업무를 중점으로 하는 큰 회사가 세 곳인데요. 저는 그중 한 곳에서 6년을 일했어요. 퇴사하고 보니까, 그런 회사에 큰돈을 주고 맡길 수 없는 작은 규모의 공연을 하는 제작사나 1년에 한두 번 정도 공연하는 관계로 티켓 매니저를 채용하기엔 부담스러운 회사들이 꽤 많다는 걸 알았어요. 그런 회사일수록 바로 업무에 투입 가능한 경력 있는 티켓 매니저가 필요하겠더라고요. 저는 프리랜서로서 매니징할 수 있는 부분과 할 수 없는 부분을 조율해서 일해요. 회사에서 외부 프리랜서 티켓 매니저를 원할 때에 꼭 필요한, 절대 포기할 수 없는 업무 영역이 무엇인지 파악해서, 그것을 제공하는 쪽으로요.

대체로 회사에 다닐 때 하던 일과 비슷하겠네요. 프리랜서가 되고 달라진 점이 있어요?

민영 장르가 많이 다양해졌어요. 회사를 다닐 때는 거의 뮤지컬 위주로 진행했다면, 프리랜서로 일하면서 콘서트나 페스티벌, 전시까지 장르의 범위가 많이 확장됐어요. 안 해봤던 장르를 하게 되니 새롭게 배우는 것도 많아졌고, 자연스럽게 새로운 사람들도 많이 만나게 됐죠. 프리랜서는 확실히 다양한 기회가 오는 듯해요.

다양한 기회라면?

민영 좋은 기회로 공연 기획 일도 조금씩 돕게 됐어요.

민영 한-필리핀 수교 70주년을 기념해서 외교부와 주 세부 대한민국 총영사관이 주관하고 한국예술종합학교 음악원이 후원하는 청소년 합창의 밤에 참여했어요. 양국에서 오디션을 통해 필리핀 23명, 한국 20명의 아이들이 선발되었는데요. 각국에서 따로 연습한 후 필리핀에서 두 번, 한국에서 한 번 함께 공연하는 6개월 장기 프로젝트였죠. 필리핀 친구들은 한국어로, 우리나라 친구들은 따갈로그어(필리핀어)로, 이렇게 서로의 언어로 함께 노래하는 모습이 정말 감동적이었어요. 저는 한국 오디션부터 시작해 아이들을 서포트하면서 전반적인 기획에 참여했는데, 너무 재미있고 보람 있는 거예요. 모두 아이들이다 보니 짧게 만났음에도 불구하고 정말 빨리 친해지더라고요.

지금도 아이들끼리 연락을 자주 주고받고 있어요. 물론 저랑도요. 코로나가 심해졌을 때엔 필리핀 아이들이 한국 친구들의 안위를 걱정해줬고, 영화 <기생충>이 해외에서 수상했을 때에도 정말 누구보다 많이 기뻐해주고 축하해줬어요. 저도 필리핀 친구들과 함께 공연하고 나서는 필리핀 국기만 봐도 반갑고, 필리핀이 아주 가깝게 느껴져요. 이래서 이런 행사를 기획하는구나, 이게 진짜 외교구나 싶었어요.

너무 감동적이다. 선생님이 한국과 필리핀 중간에서 오

작교 역할을 하셨네요! 아이들은 우리의 미래인데, 서로 그 나라에 대해 좋은 인상을 갖고 그 아이들이 자란다면 국제관계에 분명 좋은 영향이 있겠어요. 공연의 외교적 효과라니!

« 뮤직 큐레이팅? 능동적 탐구와 기록의 연속! »

뮤직 큐레이터는 어떤 일을 하는지 안 들어볼 수 없잖아요~

지혜 작년에는 서브컬처 매거진과 함께 구독할 수 있는 형태의 컴필레이션 음반을 기획·선곡·섭외하는 일을 했고요. 요즘은 주제나 콘셉트에 따라서 음악 플레이리스트를 만들고, 음원 플랫폼 내에서 라이브 음악 프로그램을 진행하고 있답니다. 네이버 바이브 기준으로는 한 플레이리스트당 75곡을 수록하고, 매주 새로운 곡을 업데이트하고 있어요.

헤엑! 75곡이나요? 업데이트라고 해서 누적만 하는 게 아니라, 곡을 빼기도 하나요?

지혜 네, 뺄 때마다 가슴이 아프지만…. 무드와 선곡에 공감하며 제 플레이리스트를 구독하는 분들이 정기적인 신선함을 느낄 수 있도록 하기 위해서는 그렇게 해야죠.

플레이리스트를 만드는 일이라고 하면 음악을 좋아하

시는 분들은 '나도 할 수 있을 것 같다.'고 생각할 수 있겠지만, 75곡이나 된다니 보통 일이 아니겠어요.

지혜 음악을 좋아하는 분들이 많아서 저도 이 일을 하고 있는 걸 감사하게 생각해요. 처음에는, 예를 들어 배순탁 님과 같은 음악 평론가분들이나 '음악 신'에서 정말 오래 일한 분들만 가능한 일이라고 여겼어요. 하지만 테크노부터 재즈, 하우스, 팝, 인디까지 장르를 가리지 않고 많이 들어온 일상적 경험과 음악의 힘을 믿는 진심이 쌓인 덕분에, 어떤 주제가 주어졌을 때 적절하면서도 뻔하지 않게 다채로운 선곡을 할 수 있는 능력이 생겼죠. 그리고 어디선가, 누군가 그 능력을 필요로 한다는 사실을 알게 되면서 큐레이션을 시작했어요. 감미료처럼, 상황별로 그 상황을 더 깊고 풍부하게 느낄 수 있는 음악들을 꺼내 듣고 싶어서 무드별·계절별 플레이리스트를 개인적으로 꾸준히 아카이빙해온 것도 많은 도움이 되었어요. 여행할 때 들었던 음악을 다시 들으면 그때 냄새까지 생각나잖아요. 저는 그런 느낌으로 플레이리스트를 기간별·메시지별로 모으는데, 지극히 개인적인 플레이리스트여도 그런 것들이 큐레이션에 도움이 되었어요.

아무리 많은 곡을 알고 있어도 한 주제당 75곡이 바로 나오기는 어려울 것 같은데, 새로운 노래는 어떤 식으로 찾아요?

지혜 개인적으로 데이터베이스가 되는 큰 플레이리스트를 만들어두고 나중에 꺼내보는 식으로 작업하기도 해요. 기본적으로 아는 노래들이 바탕이 되지만, 한계가 있으니 '디깅'을 많이 하죠. 음악이라면 늘 귀 기울여 듣고 '줍줍'도 많이 해요. 좋아하는 LP바에도 자주 가고요. 제 플레이리스트 중 'LP펍에서'라는 리스트가 있는데, 여기에는 실제로 LP펍에서 들은 노래들을 수록하기도 하고, 또는 LP펍에서 이런 노래가 나오면 좋겠다는 바람으로 수록하기도 해요.

또 많은 음원 플랫폼을 구독하는데, 특히 디깅할 때에는 보유곡이 많고 플레이리스트도 세분화되어 있는 '애플 뮤직'과 '스포티파이'를 많이 써요. 영화와 책처럼 다른 형태의 문화 콘텐츠 속에서 등장하는 음악을 발견하는 경우도 많아요. 특히 저는 뜨거운 최신곡보다는 시간이 지나도 여전히 빛나는 과거의 곡들을 발견하고 재조명하는 취향을 선호해서, 질문해주신 새로운 발견의 포인트는 '능동적 탐구와 기록의 연속'이라는 생각이 드네요!

« 음악 없이는 살 수 없다 »

지혜 선생님은 어쩌다가 이렇게 음악과 떼어놓을 수 없는 뮤직 큐레이터, 음악 친화적인 기획자가 된 거예요?

지혜 제가 어릴 때부터 춤추고 노래하고 악기도 연주하고, 다양하게 무대에 오를 일이 많았어요. 경남의 조그마한 진해에서 열리는 크고 작은 무대에 자발적으로 나갔죠. 그러니까 한번은 어머니가 물어보셨어요. "너 연예인 하고 싶니?"

어머, 끼가 그때부터!

지혜 그런데 무대에 서는 일을 업으로 삼고 싶은 것은 아니라는 생각은 확고했어요. 제가 할 일이 아니라고 느꼈죠. (핵단호) 저는 무대 위가 아닌 무대와 관객 사이, 음악과 청자 사이에 오가는 에너지를 느끼는 순간 살아 있음을 느꼈어요. 이 에너지가 앞으로 살아갈 주요한 힘 중 하나겠다고 생각했죠. 그래서 '음악으로 이런 에너지를 만드는 일을 해야겠다.' '음악과 청자를 연결하는 매개자가 되고 싶다.'라고 막연히 꿈꿨어요. 단순히 흥이 많은 게 아니라 음악을 좋아하는 거라고 확고하게 느낀 시기는 고2 무렵이었고요. 고등학교 때 전공 선택을 위해 제가 뭘 할 수 있는지 찾아보는데 '문화 콘텐츠'라는 단어가 슬슬 들리기 시작하더라고요. 그런데 주변에 그런 분야에 종사하는 분들이 없으니, 스스로 찾아서 부모님과 담임선생님 등 주변 사람들을 설득해야 했어요.

민영 여기도 개척자시네~

개척자네!

지혜 그래서 문화 콘텐츠 전공으로 진학하게 됐는데, 생각보다 일러스트, 포토샵, 3D 영상, 애프터 이펙트 등 영상에 필요한 기술적인 부분을 많이 배우더라고요. 그때 '대2병'이 왔어요. 혼자 한강을 걸으면서 '내가 뭘 하고 있는 거지?' 하고 고민하고 방황하다가, '내가 영화 없이 살 순 있어도, 음악 없이 살 수 있을까?' 자문하며 '음악 없이 살 수 없다.'라는 제 삶의 명제를 깨달았죠. 어쩌다가 이런 일을 하게 되었는지 질문해주셨는데, 제가 어떻게 살아왔는지 돌아봤을 때 계속 음악 언저리에 있었던 거예요. 음악이 좋으니까 음악이 있는 곳으로 언제나 향했더라고요.

뮤직의 언저리! 돌아보니 음악 언저리에서 어떤 것들을 했던가요?

지혜 제가 서울로 상경하면서 가졌던 로망이 라이브 재즈 카페에 가는 거였어요.

민영 어머, 성인 됐으니까 한번 가줘야지!

지혜 그때 검색해서 나온 곳이 '재즈다'라는 합정의 조그마한 라이브 재즈 카페였는데, 사장님이 너무 좋은 분이라 덕분에 대학 시절에도 계속 음악 가까이에 머물 수 있었어요. 스물한 살 때는 '르프렌치코드'라는 레이블을 운영하시는 기획자분이 같이 일해보지 않겠냐고 하셔서 커리어를 조금씩 쌓기 시작했어요. 엘사 코프라는 프랑스 뮤지션이 내한했을 때 동행하며 매니징도 하고 레이블 홍보 콘텐츠를 제작하기도 했죠.

하지만 그런 경험을 하면서도 뭔가 쌓아간다고 인지하지는 못했어요.

일이라는 게 하고 있을 때는 늘 허드렛일 같잖아요.

민영 맞아. 지나야 보이지!

지혜 졸업할 때가 되니 또 뭐 해 먹고살지 고민이 됐는데, 마침 페스티벌 회사에서 면접을 보지 않겠냐고 연락이 왔어요. 학기 중에 페스티벌 현장에서 봉사활동을 한 적이 있었거든요. 그때 저를 좋게 봐주셨나 봐요. 그 회사가 '잔다리페스타'를 개최하는 곳이었어요. 그렇게 2019년 '잔다리페스타'의 국내 아티스트 커뮤니케이션 담당으로 일했던 게, 계약서를 쓰고 월급을 받으며 진행한 첫 커리어였어요. 그런데 페스티벌은 프로젝트 단위로 진행되는 만큼 계약 기간이 짧거든요. 미래에 대해, 지속성에 대해 고민이 많을 수밖에 없었죠. 앞으로 수많은 결정과 선택으로 내 삶을 꾸려갈 텐데, 이 선택의 데이터베이스를 다채롭게 넓히고 싶다는 생각이 들었어요. 무작정 베를린을 가야겠다는 계획을 세우고 있을 즈음에 어떤 분이 같이 매거진을 만들어보자고 하셨는데 그게 《돈패닉》이었어요.

« 몸과 마음이 갈리는 가운데… 버틸 수 있었던 힘 »

아! 그래서 《돈패닉》에서 일하게 되셨구나! 제가 그때
LP랑 턴테이블 같이 주는 기획을 구독했었거든요.

지혜 네, 제가 솔깃했던 지점이 음반 제작에 대한 부분이었
어요.

《돈패닉》은 그래픽 아티스트들의 작품들을 스티커, 포스
터로 만들어서 배포하는 무가지로 잘 알려져 있잖아요.

지혜 비주얼 아티스트뿐만 아니라 뮤지션도 소개해요. 그런
데 《돈패닉》만 한다고 했으면 주춤했을 텐데, 그분이 바이닐
음반(a.k.a LP)을 만들어서 구독 서비스를 해보면 어떨까 하
는 이야기도 하셨거든요. 음반을, 게다가 바이닐을 만들 수
있다는 사실에 베를린은 잊고 바로 뛰어들었죠. 그때 직원이
저 혼자였는데 미친 듯이 기획하고 준비해서 '텀블벅'에 프로
젝트를 오픈했고, 예상보다 더 반응이 좋아서 정말 뿌듯했던
기억이 나요. 그 회사에서는 매달 매거진을 만들고 두 달에
한 번씩 8곡이 수록된 컴필레이션 LP를 제작했어요.

일이 정말 너무 많았겠어요. 게다가 대표님이랑 단 둘이
그걸 다 했다니! 제가 구독할 당시에 턴테이블 어댑터
문제가 있어서 문의한 적 있는데, 지혜 선생님이 직접
답변해줬던 걸로 기억하거든요.

지혜 온갖 일을 다 했죠. (웃음) 구독자가 400~500명 정도 됐는데, 턴테이블도 중국에서 OEM으로 제작해 수입해오고, 패키지 포장도 다 직접 하다가 손목이 나가고, 야근이 너무 많아서 길을 걷다가 쌍코피가 터진 적도 있어요. 보이는 식당에 들어가서 다짜고짜 휴지 좀 달라고 부탁했죠.

대기업이었다면 열댓 명이 붙어서 할 일을 혼자 했다고 하니까 너무 대단해요. 저라면 못 견뎠을 것 같은데 어떻게 버틸 수 있었어요?

지혜 그때는 사실 뭐가 잘못됐는지도 모른 채 그냥 최선을 다했어요. 제가 뛰어들어 만들어가고 있으니 회사 일이 아닌 제일이라고 생각하며, 주변에도 제 이름을 걸고 많이 알렸어요. 그렇게 주변 사람들이 알고 또 구독을 해주니 더 잘 만들어야겠다고 다짐했고요. 그리고 제가 담고자 했던 진정성을 캐치했다는 피드백을 받으면서 일의 가치를 느꼈어요. 그렇게 1년을 버텼죠. 몸과 마음이 갈리는지도 모른 채…. 그리고 또 버티게 한 힘은, 훌륭한 아티스트분들이 함께해주셨던 덕이에요. 그 자체의 즐거움!

맞아요. 이상순 선생님, 김현철 선생님, 박문치 선생님 등등, 어마어마한 아티스트분들이 많이 계셨어요. 그런 아티스트분들은 어떻게 섭외한 거예요?

지혜 <슈가맨> 프로그램 제작하는 분들이 이런 느낌일까 했어요. 아티스트의 연락처 확보도 중요하지만 선곡한 곡이 담긴 앨범의 저작권을 소유한, 일명 '마스터권'을 가진 분의 허락을 받아야 계약을 맺을 수 있거든요. 저희가 규모가 크지도 않고 부족한 점이 많아 열악한 가운데, 취지에 공감하고 '재밌겠다!'라고 느끼며 참여해주셔서 정말 감사했어요.

이런 커뮤니케이션까지도 선생님이 다 한 거예요?

지혜 네. 내부 디자이너가 없던 초반엔 브랜드 로고 디자인부터 음반 콘셉트와 바이닐 라벨, 컬러 선택까지 거의 모든 브랜딩에 관여했어요…. 잘하고 싶은데 제가 모든 부분을 책임지고 컨트롤할 수는 없으니 스트레스도 커졌죠. 바이닐 제작사, 인쇄소, 포장업체와의 커뮤니케이션도 직접 했어요. 좋은 마음으로 함께해주신 분들이 많아서, 매 콘텐츠마다 무사히 실물로 나올 수 있었고요. 여기서 음반을 만들면서부터 뮤직 큐레이션을 시작했다고 할 수 있을 것 같아요.

지금 하고 있는 뮤직 큐레이션 일도 그때 연결이 된 거예요?

지혜 같은 곳에서 일하며 저를 알아봐주신 에디터님 덕분에 뮤직앱 '바이브'에서 플레이리스트 큐레이션을 시작하게 됐죠. 《돈패닉》을 만들던 회사에서 앨범 콘셉트를 잡아서 선곡 리스트업하고, 음악 관련 커뮤니케이션을 했던 부분이 연결된 거라고 생각해요. 꼭 음악 전공자나 비평가가 아니어도,

우리 일상 주변의 다양한 음악을 좋아하는 사람으로 구성된 큐레이터도 필요해서 저한테도 기회가 온 거죠. 음악을 좋아하는 것만으로 돈을 벌 수 있으리라는 생각을 전혀 하지 못했거든요. 주제에 맞는 음악을 잘 선별하는 것이 업이 될 수 있다니, 작업하면서 너무 행복해요. 앞으로 어떻게 더 확장해나갈 것인가, 어떻게 내 콘텐츠와 기술을 잘 다져나갈 것인가가 중요하다는 생각이 들어요.

선생님은 음악과 관련된 일을 계속하고 계시잖아요. 계속 이 일을 하겠다는 확신이 있나요?

지혜 가능한 계속하고 싶어요. 그리고 이제는 음악과 관련이 있지 않아도, 할 수 있는 일이 있지 않을까 하는 생각도 들어요. 좋아하는 것을 일로 하는 게 어떤지 경험해보니까 장단점을 알게 됐어요. 무엇보다 크게 깨달은 건 아무리 내가 좋아하는 분야라도 '좋은 사람' '잘 맞는 사람들'과 일하는 게 정말 중요하다는 점이에요.

맞아! 함바데리카를 진행할 때마다 그 얘기는 꼭 나와요.

민영 사람이 전부야. 어쩔 수가 없어~

지혜 좋은 동료들을 만났을 때 예상을 뛰어넘는 더 큰 힘을 발휘한 경험이 남아 있어서, 좋은 동료들과 함께하고 싶고, 그게 음악과 관련된 일이라면 너무 좋겠어요.

« '불필요한 친절함'보다는 '쓸모 있는 싸가지 없음' »

민영 선생님도 일한 지 거의 10년 가까이 되었잖아요. 티켓 매니저가 하는 일 중에 컴플레인 대응도 있다고 하신 걸로 보아, 고객 만나는 일로 고충도 많았겠어요.

민영 이 일을 하지 않았다면 살면서 평생 한 번도 안 보고 지나갈 수 있었던 유형의 사람들을 거의 매일매일 마주해야 했어요. 물론 좋은 분들도 많았지만요. 제일 기억에 남는 건 현장에 경찰을 불렀던 일이 아닐까 싶어요.

아니, 공연장에서 경찰까지 대동할 일이 있어요?

민영 제가 이 얘기를 하면 다들 똑같은 질문을 하세요. "공연장에서 큰소리 날 일이 뭐가 있냐, 경찰까지 부를 일이 도대체 뭐냐."라고 말이죠. 대극장 공연 때 일인데, 1막 중간에 관람객이 나오셔서 좌석 환불을 요구하셨어요. 3층에서 관람한 분이셨는데 무대가 잘 안 보인다고, 이렇게 보이지도 않는 좌석을 돈 받고 팔았냐며 막무가내로 환불해 달라고 하시는 거죠. 그래서 "3층이라 거리감이 있긴 하지만 안 보이는 좌석은 아니며, 시야에 문제가 있는 좌석은 사전 확인 후에 판매하지 않습니다. 환불은 불가합니다."라고 설명해드렸더니, 지금 말한 내용을 문서화해 달라면서 종이에 직접 쓰게 하시고 제 사인까지 요구하시더라고요. 요청하신 대로 종이에 쓰고 있는데 반말로 "나는 이대로 못 넘어가. 경찰 불러. 왜 안 불러? 찔리는 게 있으니까 안 부르는 거 아니야?"라고 하셔서 "제가 경찰을 불러드릴 이유는 없고, 필요하시면 고객님이 직접 부르셔야 합니다."라고 했더니 핸드폰 배터리가 없다고 하시는 거예요.

결국은 손님이 원하셔서 제가 직접 경찰에 연락해 경찰들이 오셨고, 상황 설명을 해드렸어요. 그 관객은 경찰에게 사과도 필요 없고 제가 처벌받는 걸 원한다고 하셨어요. 그런데 실질적으로 경찰이 저를 처벌할 사유가 전혀 없고, 만일 그걸 원하신다면 일단은 직접 서에 가셔야 한다고 하니 매우 당황하시더라고요. 결국 함께 온 일행이 그제서야 심각성을 인지하고 그분을 말리셨죠. 대충 그렇게 상황이 일단락됐고, 그분은 경찰들과 함께 나갔는데 그 이후 상황은 전달받지 못했어요.

그분은 진짜 경찰을 부를 거라고 생각하진 못하셨던 모양이에요. 으름장을 놓으면 원하는 대로 해결될 거라고 생각하셨겠죠.

민영 공연을 다 보고 마음에 안 든다는 이유로 환불해 달라고 하시는 분들도 종종 있어요. 1층에 자리가 많이 남았으니 옮겨 달라고 요구하시는 분들도 많아요. 제가 요즘은 현장에 직접 나가는 일이 드물거든요. 현장에 매니저 님을 보낼 때 혹시라도 고객이 욕하거나 위협을 가하는 행동을 한다면 경찰의 도움을 받아도 된다고 당부해요. 저희에게 욕설을 하거나 티켓을 찢어서 던지는 분들도 적지 않거든요.

하…. 정말 이게 나쁜데, 소위 '지랄'을 해야 들어준다고 생각하시는 분들이 아직도 많아서 문제예요.

민영 저는 정말 그 부분을 참을 수가 없어요. 이 일을 시작한 지 얼마 안 되었을 때는 문제를 일으키는 고객을 어떻게든 진정시키는 게 우선이라고 생각했어요. 현장에서 큰소리가 나지 않게 해결해야 한다고 믿었는데, 시간이 흐를수록 그게 아니더라고요. '같이 소리를 내야 한다.'로 바뀌었어요. 가령 욕하는 고객님이 있으면 그분이 말씀하신 그 단어를 더 큰 소리로 다시 말씀드리는 거죠. "고객님, 지금 XX이라고 말씀하신 거예요? 저한테 하신 말씀은 아니시죠? 지금 저한테 욕하신 거면 경범죄로 처벌 가능하세요. 그렇게 욕하시면 안 돼요."라고 하면 적잖이 당황하시거든요.

아, 정말 좋은 팁이네요. 미러링 효과. 처음에 좋게 말할 때 잘 해결되면 좋은데.

민영 그게 참 아쉬운 부분이에요. 결국 같이 세게 나가야만 상황이 나아지는 경우가 있더라고요. 그런데 이후에 더 자괴감이 들었던 건, 제가 아무리 좋게 설명해도 해결되지 않던 일이 남자 직원이 오면 바로 종료되는 경우였어요.

하…. 저도 회사 다닐 때 그런 적 많아요. 나이 어린 여자

사원이나 대리급이 말할 때는 안 통하다가 나이 있는 남자가 나서면 해결될 때, 진짜 자괴감 많이 들었어요. 같은 말을 하는데 젊은 여자라는 이유만으로 진상 부리는 사람들 많아요.

민영 제가 몇 번씩 안 되는 이유를 설명할 때는 소리 지르고 왜 안 되느냐고 화내던 분들이, 체격 좋은 남자 실장님이 "왜, 무슨 일인데?" 한마디 하니까 바로 꼬리를 내리고 그냥 가시더라고요. '이게 이렇게 쉽게 해결되는 일이었구나.' 참 씁쓸했죠. 그래서 매니저들끼리 '우리가 머리도 밀고 문신도 하고 그러면 덜할까?' 자조 섞인 이야기도 자주 했어요.

지혜 우리가 왜 그래야 해요, 정말.

요즘 이슈가 되는 <SNL>의 주현영 기자를 보면, 이십대 여성들 특유의 밝고 착실하면서 야무지게 행동하는 모습에 많은 분들이 공감하잖아요. 우리의 사회 초년생 때 모습이 떠오르기도 하고요.

지혜 처음에 주현영 기자가 화제에 올랐을 때는 재미있다고만 생각했는데, 계속 언급되고 그 맥락을 들여다보니까 '혹시 요즘 이십대 여성의 열심히 하려는 태도가 이렇게만 보이는 건가?' 하는 의구심이 들었어요. 같은 또래의 남성들을 떠올려보면 기본적으로 밝게 보이려 노력하는 모습이 '익숙하게' 느껴지진 않잖아요. 사실 저 역시도 남성 리더가 무표정하고 무뚝뚝하면 자연스럽게 받아들이면서, 여성 리더가 차가운 태도를 보이면 무의식적으로 좀 더 따뜻한 모습을 바라게 되더라고요. 저도 여성은 따뜻하고 친절해야 한다고 인식하고 있었다는 사실을 인지하고 많이 놀랐죠.

저도 사회 초년생 때 10년 차 정도 되는 여자 과장님들을 보면서 '왜 저렇게 싸늘할까, 좀 더 친절할 수는 없나?'라고 생각하곤 했어요. 그런데 제가 한 6년 일해보니까 그때 그분들이 왜 그랬는지 알겠는 거예요. 싸늘함이 자기를 보호하는 막이 됐다는 사실을 저도 터득한 거죠. 그분들도 친해지면 좋은 분들이었는데, 처음부터 다정하고 좋은 사람으로 보이면 만만하게 대하는 경우들이 생기니 '싸늘함의 막'을 두르셨던 것 같아요.

지혜 이제는 필요 이상의 친절함과 다정함을 내려놓으려고 해요. 일을 할 때는 '불필요한 친절함'보다는 '쓸모 있는 싸가지 없음'이 더 중요하다는 걸 깨달았어요.

저도 사회 초년생 때 좋은 게 좋은 거라고 생각하고, 평화롭게 해결하고 싶어서 친절하게 행동하려고 했는데요. 자신을 낮추면서까지 친절할 필요는 없다는 데 동의합니다.

민영 뭔가 계기가 있어야 본인이 깨닫고 변하게 되죠.

« 한 가지 일만 할 필요는 없다는 깨달음 »

민영 선생님 이야기를 쭉 들어보니 연차가 쌓일수록 응대 스킬도 업그레이드되고, 프리랜서가 되고부터는 업무의 폭도 확장되었네요. 뮤지컬 말고도 여러 장르를 경험해보시니까 어떤 차이가 있나요?

민영 장르에 따라서 정말 차이가 큰데요. 가령 페스티벌은 좌석이 지정되어 있는 게 아니고, 대부분 하루이틀 정도로 공연 기간이 매우 짧아요. 보통은 출연 아티스트 라인업이 공개되기 전인 '블라인드'일 때 제일 저렴한 가격으로 일정 수량을 판매해서 티켓을 매진시키고, 그걸 붐업하는 데 이용하기도 해요. 이후부터는 얼리버드, 1차, 2차, 이런 식으로 판매가 진행되는데 뒤로 갈수록 아티스트도 점차 공개되고 티켓 금액도 점점 비싸지는 구조예요. 목표 금액을 달성하기 위해 티켓 가격과 판매 매수를 전략적으로 잘 짜야 하고, 판매 추이에 따라서 전략이 빠르게 수정되어야 하죠.

뮤지컬은 보통 짧게는 한 달에서 길게는 두세 달씩 공연이 진행되다 보니, 세일즈를 장기적으로 굉장히 촘촘하게 구성해야 해요. 반면 콘서트는 티켓 매니저의 역량보단 아티스트의 힘으로 티켓이 판매된다고 해도 과언이 아니죠. 그래서 티켓 매니저의 세일즈보다는 콘서트를 기획하는 기획자의 역량이 조금 더 중요하다고 볼 수 있어요. 이 아티스트가 어느 정도 규모에서 몇 번의 회차를 소화할 수 있을지를 잘 파악하는 것이 무엇보다 중요한 장르예요.

전시도 페스티벌처럼 비지정석으로 티켓이 판매되지만 뮤지컬처럼 장기간 운영되죠. 하나 다른 점은, 날짜를 미리 정하는 게 아니라 전시 기간 안에 언제든 갈 수 있는 기간권 같은 구조라는 거예요. 그러니 가능한 많이 파는 것이 아주 좋겠죠? (웃음) 모든 장르가 티켓을 많이 팔수록 좋은 건 동일하지만, 특히 전시의 경우 티켓 매출 못지않게 MD 매출도 큰 비중을 차지해요. 그래서 프로모션 티켓도 많이 진행하고, 판매가 저조할 땐 과감한 할인을 해서라도 최대한 많은 관객을 전시장으로 유입시키는 게 중요해요. 저만 해도 초대로 전시를 보러 가서 MD를 4~5만 원어치 사는 경우가 많거든요. (웃음) 저 같은 분들, 많으실 거예요.

이게 관람객으로서 나쁜 것 같기도 한데. (쭈글) 굿즈만 사고 싶은 경우가 있어요. 그런데 전시를 관람해야만 MD 제품을 살 수 있는 공간으로 갈 수 있게 되어 있더라고요.

민영 맞아요. 장르마다 이렇게 특징이 다 다르니까, 새롭게 배울 점도 많고 너무 재미있어요. 한번은 조용필 선생님 50주년 전국 투어를 1년 동안 했는데요.

조용필 선생님도 직접 보셨어요?

민영 네, 봤습니다~ (뿌듯한 웃음) 투어하는 1년 동안 전국 방방곡곡을 돌아다니면서 여행하는 기분으로 일했는데 잊지 못할 소중한 경험이었어요.

우와! 이 일을 하면서 느끼는 재미와 보람도 분명 있고, 또 어쩔 수 없이 겪는 어려움도 다 들어봤네요. 그래서 이쯤에서 드리는 질문이, 앞으로도 이 일을 계속 하리라는 확신이 있나요?

민영 프리랜서로 일하면서 반드시 지금 하고 있는 이 일만 고수해야 한다는 생각이 많이 깨졌어요. '한 가지 일만 할 필요는 없다. 일의 범위를 다양하게 넓힐 수 있다. 내가 결심하고 뛰어들면 된다!' 그걸 알게 되었죠. 티켓 매니저를 메인으로 하고 있지만 공연 기획도 조금씩 배우고 있고, 또 요가도 배워서 자격증을 땄어요. 이렇게 좋아하고 관심이 생기는 무언가를 계속해서 발전시키다 보면 잡(job)이 될 수 있으니까, 내가 하는 일의 방향을 조금씩 넓혀가려고요.

« '무용담 많은 할머니' '요가하는 할머니'를 꿈꾸며 »

민영 선생님, 요가 지도자 자격증도 있다니~! 요가는 언제부터 시작하셨어요?

민영 회사 그만두고 쿠바를 다녀온 해였어요. 퇴사 후 저녁이 있는 삶을 살게 되면서 운동도 시작했죠. 1년 8개월 정도 동네 요가원을 다니다가 『아무튼, 요가』를 쓰신 박상아 선생님의 한 달짜리 새벽 팝업 수업을 신청했어요. 새벽 5시 15분에 첫차를 타고 가야만 수업에 늦지 않을 수 있었는데, 저도 제가 하루도 빠짐없이 지각도 하지 않고 갈 줄 몰랐어요. (웃음)

그만큼 재밌으셨다는 거지!

민영 너무 힘들기도 했지만 정말 재밌었어요. 그러다가 선생님이 뉴욕에서 소수로 '어드밴스 티티'를 오픈한다고 하셔서 고민 끝에…. 돈과 시간이 함께 주어지는 시기가 인생에 자주 오지 않을 것 같더라고요. 그래서 '에라, 모르겠다.' 두 눈 질끈 감고 용기 내서 신청했어요.

지혜 그 먼 곳까지! 비행기값만 해도 만만찮았을 텐데 어떤 목표가 있으셨어요?

민영 '지도자가 되어야겠다!' 하는 당찬 포부가 있던 건 아니었어요. 그러기엔 일단 제가 요가를 너무 못했고요. (웃음) 굉장히 더디게 실력이 늘었어요. 기본적으로 몸을 너무 못 쓰는 데다 겁은 많고 유연성과 힘은 없는, 악조건은 다 가지고 있었거든요. 그런데 일단은 요가가 너무 좋았어요. 그다음은 몸을 잘 쓰고 싶다는 마음 반, '가서 먹고 자고 싸는 시간 빼고 매일매일 요가만 할 텐데 실력이 안 늘고 배기겠나.' 하는 무식하지만 용감한 마음 반이었죠. 결과적으로는 그냥 너무 재밌었어요. 서른 넘은 여자 다섯 명이 뉴욕의 한집에서 같이 먹고 자고 하면서 매일매일 좋아하는 요가를 한다는 게 절대 흔한 경험이 아니잖아요.

제가 근래 들은 이야기 중에 제일 독특해요. 인도도 아니고 뉴욕에서 요가 합숙이라니!

민영 실력자들이 뉴욕에 많이 계신다고 하더라고요. (웃음)

선생님 이야기를 들어보니까 어딘가에 닻을 하나 걸면 꼭 가는 타입이라는 생각이 들어요. 지구력도 있고요. 저는 잘 그만두는 편이거든요.

민영 저는 오히려 특별히 타고난 재능이 없는 사람이라, 뭔가를 시작하는 게 수월했어요. 어차피 못하는데 급할 거 없고, 급할 거 없으니 시간이 오래 걸릴 거고…. 그러니까 남들보다 느리더라도 꾸준히 하다 보면 지금보다는 나아지겠지? 하는 마음, 아니, 나아질 수밖에 없겠다는 믿음이 지금의 저를 만들지 않았나 싶어요. 재능이 없어서 오히려 욕심이 없었죠. 근데 못하는데 왜 재미있는 거야? (웃음)

여하튼 언젠가 사람들에게 요가를 가르칠 때 더 잘할 수 있겠다는 자신감도 생겼어요. 제가 정말정말 요가를 못했던 시기를 겪었기 때문에, 저처럼 겁도 많고 유연성이 부족한 사람들의 마음을 누구보다 잘 아니까. 나도 처음부터 잘했던 게 아니니까. 그런 부분에 있어서는 내가 조금 더 나은 지도자가 될 수도 있겠다는 그런 생각.

선생님! 저는 다리가 커서, 다리로 해야 하는 동작들이 안 돼요.

민영 사람마다 꼭 해내고 싶은 자세가 있잖아요. 그 자세를 계속 반복하면 결국 잘하게 될 거라고 생각할 수 있어요. 물론 틀린 생각은 아니에요. 한 자세만 반복하는 것도 물론 도움이 되겠죠. 하지만 그보다는 전체적인 아사나(asana)를 꾸준히 수련했을 때, 어느 순간 힘이 고루고루 발달하고 밸런스가 맞으면서 안 되던 자세가 되더라고요. 꾸준히 수련하다 보니 이전까지 안 되던 자세가 어느 날 갑자기 됐을 때, 그때 희열이 또 엄청나요.

지혜 저도 헤드스탠드(headstand)를 너무 하고 싶어서 요가원에서 매일 했는데 늘 안 되다가, 어느 날 딱 서지는 거예요. 정말 1~2초, 아주 잠깐이었지만 너무 짜릿했어요.

지혜 선생님은 언제부터 요가를 시작하게 되었어요?

지혜 《돈패닉》에서 일하는 1년 동안 스스로를 너무 돌보지 못해서 몸이 많이 망가졌어요. 조금 있던 근육마저 없어지고 안 아프던 곳까지 아프고, 원인을 알 수 없는 스트레스성 증상까지 겹쳐서 이제는 진짜 건강을 챙겨야겠다고 생각했어요. 그래서 요가원에 갔죠. 마침 첫 수업이 정신 수양에 집중해보는 '하타(hatha)' 수련이었는데, 선생님이 "잘하려고 애쓰지 마세요. 자신이 지금 할 수 있는 만큼 해보는 게 더 중요합니다."라고 차분하게 말씀하신 게 시작부터 큰 울림이 있었어요. 마스크 안으로 눈물이 또르르⋯. 저는 약간 완벽주의가 있어서, 잘하지 못할 거면 하지 않는 게 낫고, 뭘 하려면 잘해야만 한다는 압박감을 많이 가져왔거든요.

민영 저도 지혜 님과 같은 포인트로 요가를 하면서, 정말 위로를 많이 받았어요.

지혜 선생님은 요가를 통해서 정신적으로 더 많은 것을 얻게 되신 듯해요.

지혜 요가를 하다 보니까, 미래에 더 행복해질 나와 현재의 나를 비교할 게 아니라, 지금 여기에 현존하는 나를 느끼는 것이 행복해지는 방법이라는 사실을 깨달았어요. 그리고 제일 중요한 게 '호흡'이더라고요. 스트레스를 받거나 미래에 대한 생각으로 불안해질 때 숨을 크게 들이쉬면서 호흡하면, 지금 여기에 있는 나로 시선을 모으는 효과가 있어요.

이전에는 내일을 생각하지 않는 욜로(YOLO)가 정말 와닿지 않았어요. 주변을 고려하지 않고 무례해도 된다는 방향으로 받아들이는 사람들이 있었거든요. 그런데 욜로를 다시 생각해보니 '당신의 인생은 이번 한 번뿐이니 지금 이 순간에 집중하라.'는 의미로 느껴졌어요. 오늘이 내일을 만드는 거니까, 지금 이 순간에 펼쳐지고 느껴지는 것들에 집중할 수 있도록 돕는 게 요가였어요.

선생님들 이야기를 들어보니 요가는 확실히 여가활동이나 운동이라기보다 수련이라는 생각이 들어요. 요가에 대한 이야기를 나눴는데, 비단 요가뿐 아니라 선생님들의 삶에 대한 자세, 반듯한 태도를 엿본 것 같기도 해요. 오늘 오랜 시간 함께 이야기를 나눴는데, 함바데리카에 참여하신 소감은 어떠세요?

지혜 저는 이렇게 여성들의 커리어에 대해서 허심탄회하게 말할 수 있는 판을 깔아주신 게 너무 좋았어요. 그리고 민영 선생님 만나서 반가웠고, 뉴욕에서의 이야기도 재밌게 들었어요. 평생의 무용담이 되는 거잖아요.

어머, '무용담'이라는 단어, 너무 좋다.

지혜 무용담이 많은 할머니가 되면 너무 재밌잖아요. 아무 무용담 없이 돈만 많은 할머니보다.

민영 무용담이라는 단어 너무 오랜만에 들어요. 왠지 동심으로 돌아간 것 같은 느낌이에요. 저는 요가하는 할머니가 돼야겠어요! 각자의 자리에서 앞으로 열심히 나아가는 멋쟁이 여성 두 분의 이야기를 들을 수 있어서 너무 영광이었어요. 오늘 정말 시간 가는 줄 모르고 즐겁게 이야기를 나누었습니다.

함바데리카가 '자신만의 세계를 건설해가는 여성 노동자를 위한 함바집'이기는 하지만, 오시는 분들한테 '여성 노동자로서의 고충'을 특별히 여쭤보지는 않거든요. 오늘은 일 이야기를 하면서 자연스럽게 일하는 여성으로서의 고충에 대해서도 나눌 수 있어서 더 뜻깊었어요. 또 두 분 다 요가를 한다는 공통점이 있어서 놀라웠는데, 그게 두 분의 일과 커리어, 삶을 관통하는 철학에도 큰 영향을 주는 것처럼 느껴져서 저도 아주 단단해지는 기분이었습니다.

서른 즈음의 생각들

출판사 마케터 고보미

노무사 김현지

그저 에리카팕이라는 사람이 차려주는 밥을 먹으러 왔다가 친구를 사귀고 간 분들이 계세요. 이번에 소개해드리는 주인공들도 저희 집에서 처음 만나 더없이 친해진 사이입니다. 이전까지는 출판사 마케터, 노무사라는 각자의 일상을 살다가 우연히 한날한시에 만나 친구가 될 운명이었던 거죠. 그리고 공교롭게도 두 분 다 서른 살이었습니다.

올해 서른이 된 분들은 주목! 서른이 지난 분들도 주목! 서른을 앞두고 있는 분들도 주목! 모두 주목해주세요. 누구나 공감할 수 있는 서른의 생각과 고민들. 어쩌면 '자신만의 세계를 건설해가는 여성 노동자를 위한 함바집'에서 '건설해가는'이라는 말과 가장 맞닿아 있는 이립(而立)의 나이, '서른'의 고민들을 들어주세요.

누구시죠?

보미 저는 망원동에 사는 1인 가구, 출판사 마케터 3년 차에 접어드는 서른 살 고보미입니다.

현지 저는 일산에 사는 1인 가구, 노무사로 일하고 있는 역시 서른 살 김현지입니다.

두 분은 오늘 처음 만난 사이지만 1인 가구이고, 나이도 동갑이라 공감대가 있을 듯해요. 아까 (음식을 준비하면서) 들어보니까 서로 이미 통한 점이 많더라고요.

보미 혼자 살면서 아무래도 잘 안 챙겨 먹으니까, 건강이 부실해지는 게 느껴지더라고요. 잔병치레도 많아지고.

현지 저도 그래요. 요즘에는 체력 좋은 사람들이 너무 부러워요. 이십대 때는 예쁜 얼굴, 날씬한 몸매, 좋은 직장 같은 게 부러웠다면, 지금은 체력 좋은 분들, 머릿결 좋은 분들, 병원 안 가도 되는 분들, 술 오래 마셔도 괜찮은 분들⋯. 예전에 생각조차 못했던 것들에서 부러움을 느끼는 순간이 오더라고요.

보미 이십대 때는 친구랑 약속을 잡으면 무조건 그냥 맛있는 거 먹으러 갔다가 2차로 술 한잔하는 코스였다면, 이제는 밥 먹고 '남산 둘레길 한 바퀴 걸을까? 배부르니까 소화도 시킬 겸~' 이런 식으로 바뀌더라고요.

현지 헬씨하다, 헬씨해! 저의 경우 이십대 때 비해 출퇴근이 힘들어졌어요. 예전 직장은 10~15분이면 됐는데 지금 회사는 편도 한 시간, 왕복 두 시간이니까 아주 힘들어요. 보미 님도 파주로 출퇴근하는 게 쉽지는 않을 것 같은데….

보미 2년 전에 입사 첫날 퇴근하고 나왔는데, 비둘기가 아닌 새들이 V자로 무리 지어 날아가더라고요. 철새들이었어요.

천혜의 자연이다!

보미 내가 파주로 출퇴근을 한다는 사실을 그때 실감했죠.

현지 맞아요. 거기, 새 있어요. 새 있지, 파주에….

(웃음)

« '법인 소속 노무사'에서 '노무 업무를 하는 김 대리'로 »

철새 이야기가 나와서 말인데, 현지 선생님은 최근에 이직했다고 들었어요.

현지 네네. 그전에는 노무법인 소속 노무사로 일하다가 일반 회사도 경험해보고 싶어서, 지금은 김 대리로 살고 있습니다.

지금 회사에서도 노무사로 일하는 거죠?

현지 네, 맞아요. 인사팀 소속 사내 노무사로 근무 중이고, 노무 업무를 기본으로 하면서 인사팀 일도 하고 있어요.

노무법인에서 노무사로 일할 때랑 지금이랑 어떤 차이

현지 제일 큰 차이는 일의 양이 확 줄었다는 거죠. 노무법인이라고 하면, 법무법인처럼 노동법 쪽의 로펌이라고 생각하시면 돼요. 보통 '노무사'라고 하면 노동자·근로자 편에 서서 대리해줄 거라고 예상하시겠지만, 노무사는 노(노동자)와 사(회사) 모두의 권리와 이익을 대변하는 일을 해요. 노동자들이 회사로부터 부당한 대우나 권리를 침해받을 수 있지만, 회사 측에서도 노동자 측으로부터 부당한 일을 당할 수 있거든요. 노무사는 그 사이에서 도와드리는 역할을 해요.

사실 노무법인이 돈을 벌려면 근로자 사건만으로는 힘들어요. 그러니 회사 자문을 많이 하고요. (물론 노동자 사건만 전문으로 하는 노무법인도 있습니다.) 얼마나 많은 자문사를 갖고 있느냐가, 그 법인의 경쟁력이라고 할 수 있어요. 저도 예전에 100개 정도의 회사를 자문했고, 간간이 들어오는 근로자 사건도 처리했어요.

일이 정말 많았겠어요.

현지 네. 그리고 회사를 대리하면서 스스로 부족하다고 느꼈던 점은, 제가 이전 회사생활이 그리 길지 않다 보니 외부자의 시선에 머물 수밖에 없다는 거였어요. 원활한 자문이 이루어지지 못한다는 생각이 들었죠. 그래서 회사가 어떻게 돌아가는지를 내부에서 일하며 직접 보고 싶었어요. 법인에서 "선생님, 이러시면 안 되고 저러시면 안 되고~" 자문했던 내용을 실행해보고 싶은 거죠. 그래서 지금 회사에 들어왔는데, 가장 큰 장점이라면 법인에서 일할 때보다 업무량이 확실히 줄었고 칼퇴도 가능하다는 것! 다만 아쉬움도 있어요. 법인에서 일할 때는 노사 문제를 갖고 계신 분들의 고민을 상담해드리고, 함께 문제를 해결해간다는 보람이 있었거든요. 하지만 회사에서는 그저 '김 대리'이기 때문에, 그때 같은 보람은 다소 줄었어요.

자문을 해주는 입장에서 자문을 받는 입장이 된 거네요?
현지 네, 기분이 약간 이상했어요. 일을 하다 보면 스스로 확신이 안 서는 문제들이 있으니 노무법인에 전화해요. 처음에는 부담스럽기도 하고 자존심이 상하기도 했어요. 이전에는 제가 하던 일이잖아요. 그리고 그쪽도 제가 노무사 포지션인 것 등을 아니까, 질문의 질에 대해 평가할 수 있다는 염려도 있었고요. 이런 고민을 노무사 동기들한테 토로했더니 "이제 상황이 바뀌었으니 마음 편하게 가져."라고 하더라고요. 지금 제 위치에서는 그렇게 생각하는 편이 맞겠더라고요. 그래서 이제는 의견을 여쭤볼 일이 생기면 편하게 전화를 드려요.

맞아요! 보람은 덜할 수 있지만, 오히려 갑(甲)이 된 포지션이라서 좋은 점도 있지 않나요? 광고회사에 다니다가 광고주가 된 느낌이랄까. 저는 항상 회사에서 을(乙)

아니면 병(丙), 정(丁)이었던지라 한 번이라도 갑의 포
지션에서 일해보고 싶었거든요.

« '떼인 돈' 덕분에 '쌈닭'이 되다 »

그런데 선생님 예전에 포르투갈어를 가르친 적도 있다
고 들었어요. 포르투갈어는 어떻게 배우게 된 거예요?

현지 대학교 1학년 때 '브라질 사회와 문화'라는 교양 수업을
들었어요. 이전까지는 브라질이 포르투갈 식민지였어서 포르
투갈어를 쓴다는 사실도 몰랐는데, 그 수업을 듣고 브라질의
매력에 폭 빠지게 됐죠. 그래서 2학년 때 복수전공으로 포르
투갈어를 배웠어요. 이후 브라질에서 어학연수를 6개월, 통역
인턴 6개월을 했어요. 그렇게 직접 겪어보니까 저는 브라질이
아니라 포르투갈어를 좋아했더라고요. 포르투갈어로 말하는
제 모습에 희열을 느낀 거죠. 그때부터 포르투갈어를 가르치
는 일도 했어요. 지금은 회사 일 때문에 못하고 있지만요.

주로 어떤 분들이 포르투갈어를 배우나요?

현지 정말 다양한 이유로 많이 배워요. 최근까지 수업했던 학
생은 축구를 하는 친구였어요. 브라질 선수들이 우리나라에
용병으로 많이 오니까, 나중에 통역을 하고 싶어서 배운 거였
죠. 또 여자친구나 남자친구가 브라질 사람인데, 그쪽 부모님

들과 얘기해보고 싶어서 배우는 분도 있었어요. 저도 남자친구를 포르투갈어 덕분에 만나게 됐는데, 그 친구는 보사노바를 좋아했어요. 가사를 직접 읽고 싶은데 불가능하니까 저한테 찾아왔다가, 눈이 맞았죠.

어머, 일거양득이다. 그런데 포르투갈어에 빠져 있다가 어떻게 노무사가 된 거예요?

현지 첫 직장이 교육 스타트업이었는데, 제가 포르투갈어를 하니까 교육 기획 매니저 겸 포르투갈어 강사로 일했어요. 근데 퇴사하면서 퇴직금을 못 받았어요. 또 나중에 기본급을 따져보니 최저임금도 못 받았더라고요. 사회 초년생 때는 그런 부분에 대해서 잘 모를 수 있잖아요. 최저임금 문제는 고사하고, 퇴직금이라도 받겠다고 노동부에 진정을 내고 고소까지 하게 됐어요. 혼자 해보겠다고 7개월을 끌었죠. 지금 생각해보면 국선 노무사의 도움을 받을 수 있었는데, 그 당시엔 '노무사'라는 직업이 있다는 사실조차 몰랐거든요. 여하튼 7개월간 갖은 고생을 해서 돈을 받았는데, 그 지난한 과정을 거치면서 노무사라는 직업을 알게 되었어요. 바로 고시촌에 가서 학원을 등록하고 공부해서 노무사가 되었죠.

아니, 너무 드라마 같아요! 떼인 돈 받으려다가 노무사가 됐다니! 저도 대학생 때 비슷한 일이 있었어요. 4학년 때 200만 원 정도 받기로 하고 번역 일을 했는데, 아

직까지도 못 받았죠. 그때는 학생이라서 정말 큰돈이었
는데…. 당시에 고용노동부에 신고도 했는데, 제가 출퇴
근한 게 아니라 받을 수 없다고 하더라고요. 너무 억울
한 경험이었어요.

현지 그 당시 제가 어리고 또 노무사도 없이 무작정 찾아가니
까, 감독관님이 계약서를 제대로 안 썼다며 "많이 기다리셔야
돼요. 이거 오래 기다리셔야 돼요."라고 하시더라고요. 그 이
야기를 듣는 순간, 힘이 쭉 빠졌죠. 근데 나중에 제가 진정인
을 대리해서 노무사로 가게 됐잖아요. 저는 목소리가 엄청 크
거든요.

확실히 한국은 목소리가 커야 해요.

현지 여기를 들었다 놓겠다는 마음으로 가야 해요. 아마 담
당자분들은 저 같은 사람을 싫어하실 거예요. 시끄러운 사람
은 빨리 처리하고 싶어 하는 것 같기도 하고. 여하튼 저는 저
한테 의뢰한 분들을 대신해서 쌈닭이 되어야 하거든요. 이분
들이 그런 부분을 혼자 할 수 없기 때문에 제게 오신 거잖아
요. 억울한 게 있는데 혼자 힘으로는 안 돼서 도움을 청하신
거니까….

맞아요. 저는 그런 상황에서 졸보처럼 눈물만 나요. 떳
떳하고 자신 있게 말을 못하는데, 선생님은 저 같은 사
람한테 정말 필요한 분이에요!

« 할 수 있는 건 정말 다 해봤으니까, 미련 없이! »

보미 선생님, 출판사 마케터는 어떤 일을 해요?

보미 회사에서 나오는 신간들을 온라인으로 홍보하고, 어떻게 마케팅할 건지 계획을 짜고 실행하고, 이런 일이 반복돼요. 저희 회사는 다른 출판사에 비해 출간 텀이 여유 있는 편이라, 중간중간 트렌드나 이슈를 살펴보며 흐름에 맞게 구간들을 알리는 작업도 하죠.

선생님은 특별한 고민이 있어서 함바데리카를 찾아주셨다고 들었어요. 어떤 고민이에요?

보미 두 가지 고민이 있는데요. 하나는 이전에 다녔던 직장과 지금 직장의 분위기가 달라서 고민이고요. 두 번째는 원대한 꿈과 희망을 품고 새로운 분야로 이직했는데 '이 일이 과연 나랑 맞는가? 이 길이 정말 괜찮은가? 나의 밥벌이, 이대로 좋은가?' 하는 고민이에요.

전에 하던 일은 어떤 일이었어요?

보미 사회적 기업이면서 전시 기획사인 곳에 다녔어요. 신진 예술가들에게 기회를 많이 주겠다는 목표를 추구하는 동시에, 전시 기획으로 이익을 올리는 회사였죠. 여기서 홍보 담당자로 일을 시작했어요.

오~ 의미 있는 일이네요. 그 회사에서는 어떻게 처음 일

보미 저는 국어국문과를 나왔는데, 막연하게 에디터나 책과 관련된 일을 하고 싶다는 바람 정도만 있었어요. 졸업할 때가 되면 다들 분주하게 스펙도 쌓고 대외활동도 하고 그러는데, 저는 하나도 안 했어요.

저도 안 했었어요~

보미 주변 친구들은 다 분주한데, '나는 내가 누군지도 모르겠는데 취업을 어떻게 하지?' 하는 고민이 대학교 4학년 때 뒤늦은 사춘기처럼 찾아온 거예요. 제가 좋아하는 게 뭔지도 모르겠고, 제가 어떤 사람인지도 모르겠고…. '이런 사람이 회사에 가서 뭘 한다는 거지?' 그러니까 저조차도 저를 채용할 이유를 못 찾겠는 거죠.

어머, 굉장히 철학적이다!

현지 이 얘기만 들어도, 보미 선생님은 굉장히 바로 선 사람이라는 생각이 들어요!

보미 그런 고민 중에 아직 사회에 나가기는 두려워서, 졸업을 6개월 유예하고 방황하는 시간을 가졌어요. 제 취향을 모르겠으니 하루에 영화를 10편씩 보기도 하고, 책도 많이 읽으며 취향을 알아가는 시간이었어요. '알바를 하더라도 취향이 맞는 곳에서 해보면 어떨까?' 하다가 갤러리 카페에서 일하기 시작했어요. 그곳 사장님이 제 첫 직장 대표님이세요. 카페랑 사회적 기업을 같이 운영하는 곳이었거든요. 어느 날 대표님 이랑 이런저런 얘기를 하는데 "졸업 앞두고 왜 여기서 알바를 하냐."고 물어보셔서 "막연하게 에디터를 하고 싶긴 한데, 아직 뭘 해야 할지 확실히 몰라서 그냥 헤매고 있어요."라고 솔직히 답했죠. 그랬더니 카페에서 그림을 전시 중인 작가님이 있으니, 인터뷰를 해보지 않겠냐고 제안해주셨어요.

너무 타이밍이 잘 맞고, 선생님도 굉장히 신났겠어요!

보미 너무 신났죠. 마음에 딱 불이 붙는 순간, 있잖아요. 열정이 충만해서 그분 이전 인터뷰를 다 찾아보고 질문도 엄청 뽑고요. 질문지만 한 20장을 준비해서 대표님한테 드렸더니 황당해하시면서도 '이 친구 열심히 하네.' 하고 잘 보신 모양이에요. 그 인터뷰를 계기로 같이 일하게 됐는데, 원래 그 회사에는 제가 맡은 포지션이 없었어요. 그러니까 스스로 일을 만들어가야 하는 구조였던 거예요. 사수도 따로 없었고요. 조금 어렵기도 했지만, 하나씩 배우고 깨우치는 성취감이 있었죠.

선생님도 첫 직장에서 일하게 된 스토리가 굉장히 드라마틱하네요! 현지 선생님은 노무사를 다루는 공중파 재질의 미니시리즈 같았다면, 보미 선생님은 케이블 TV 재질의 청춘드라마 같아요.

보미 일을 시작하고 처음에는 너무 재밌었어요. 그런데 그 회사에서 다루는 일이 매번 비슷한 거예요. 사업을 하더라도 방식이 항상 유사하고, 사회적 기업이다 보니까 수익을 내는 데 한계도 있고요. 저는 이익을 제대로 내보고 싶은데, 자꾸 같은 방식으로 회사가 굴러가니 경험의 폭이 넓어지지 않더라고요. 또 중간에 조직이 불안정해지면서, 모두 퇴사하고 저만 남았던 적도 있었어요. 제 영역 외의 일까지 맡으면서, 정말 그 회사에서 할 수 있는 건 다 해보게 됐죠.

그 회사에 미련은 없었겠어요.

보미 '저는 여기서 이제 그만하겠습니다. 답습할 바에야!' 실제로 이렇게 멋있게 얘기하지는 않았어요. (쭈글거리며) "대표님, 저 퇴사…" 하니까 대표님은 갑작스럽다고 느끼셨나 봐요.

현지 대표님들은 다 모르더라~

대표님들은 '이지 컴 이지 고(Easy come Easy go)'를 잘 모르시더라고요.

보미 제가 그 회사에서 쓸 수 있는 시간은 다 썼고, 할 수 있는 건 정말 다 해봤기 때문에 미련이 없었어요.

« 나의 색깔을 찾아간다는 것 »

좀 더 구체적으로 여쭤봐도 될까요? 굉장히 다양한 일을 해봤다고 하셨잖아요. 저 같은 경우 한 직장에서 '고정된 나사' 같은 일만 했던 관계로, 여러 일을 했다고 말

쓰하는 분들을 만나면 어떤 일들을 어느 정도로 다양하게 했는지 늘 궁금했어요.

보미 초반에는 홍보 에디터 업무의 일환으로, 회사에서 전시를 진행할 때 보도자료를 쓰고 릴리스하는 작업을 했고요. 회사 뉴스레터 발행과 소셜미디어 계정 운영도 맡았죠. 행사라든지 새로운 소식들이 있으면 전부 기록해서 웹사이트에 업데이트하는 일도 했어요. 외부에서 인터뷰나 자료 요청이 있으면 바로 전달해드리는 일도 담당했고요.

현지 하루가 너무 빠듯했겠는데요?

한국어로 할 수 있는 일은 다 하셨네요!

현지 국어국문학과 아니랄까 봐~

보미 그러다가 회사에 퇴사자가 많아지던 시기에는 웹사이트를 만드는 일도 맡게 됐어요. 웹사이트 제작업체에 발주하고 중간에서 조율하는 업무를 했죠.

웹 기획 일을 하게 된 거네요!

보미 맞아요. 생전 처음 맡아보는 일인 거예요. 회사의 웹사이트 기능도 붙여야 하고, 그러니까 엔지니어랑 소통하는 일은 난생처음이었던 거죠. 그 이후에 갑자기 조직이 확 변하면서 회사의 메인 업무인 전시 기획을 담당하게 됐어요. 저희 공간 안에서의 전시를 기획하기도 하고요.

또 그 회사가 사회적 기업이다 보니까 공공사업을 많이 따냈거든요. 사업 모집 공고를 모두 확인하고, 우리 회사가 넣을 수 있겠다 싶으면 사업 기획을 했죠. 사업을 구상하고 자료 조사부터 시작해서, '우리는 어떤 작가들과 이런 사업을 만들겠다.'라는 보고서를 작성하고, 그 내용으로 PPT를 만들고, 발표 준비를 하고…. 대표님이 PT를 하고 사업을 따내면 어느 공간을 빌려서 전시를 진행할지 정하고, 사업이 마무리되면 보고서를 쓰고 정산하는 작업까지 처리했어요.

사회적 기업 맞아요? 그 사회에 선생님은 없는 것 같은데요? 대표님은 주로 대외적인 이미지를 위한 일을 하시고, 서포팅이 필요한 자잘한 업무들은 거의 다 보미 선생님이 하셨네요.

현지 루틴 업무도 너무 많고, 단발성 업무도 계속 있었을 거 아니에요.

보미 한참 힘들 때 대표님이 낌새를 채고, 무슨 일 있으면 말해보라고 하셨는데 아무래도 사회 초년생이다 보니까 똑 부러지게 말을 못했어요. '저 사실 이런이런 것 때문에 어렵습니다.'라고 했어야 하는데 그러지를 못했죠.

사회 초년생 때는 그런 말을 똑 부러지게 하기가 너무 어려워요. 친구들한테 회사생활의 힘든 점을 하소연하면 "야, 너가 그때 똑똑히 잘 말했어야지!"라고 조언해주잖아요. 근데 막상 그런 상황이 닥치면 말이 잘 안 나와요. 상사가 "무슨 일 있니?" 하면 괜히 울컥해서 우느라 말도 제대로 못하고.

보미 맞아요. 대표님 방을 나와서 정신차려보니까, 어쨌든 해야 하는 일은 똑같고 다 제가 해야 하더라고요.

그런 면담들이 대체로 잠깐 위로해주고, 오늘 해야 할 일을 내일로 미뤄줄 뿐이잖아요. 첫 회사에서 정말 고생이 많았겠어요. 그러면 할 만큼 다 했다고 느끼고 퇴사한 이후, 좀 더 진취적으로 하고 싶은 걸 하게 됐나요?

보미 네. '내가 재밌게 느끼는 것들을 해보자.'라는 생각이 들어서 중고책 마켓을 작게 열었는데 너무 재밌더라고요. 오시는 분들도 흥미를 느끼고. 첫 회사에서의 경험부터 지금까지를 돌아보니, 저는 사람들 사이를 중계해주는 역할을 좋아하더라고요! 신진 예술가들을 소개하고 관람객들이 이야기를 나누는, 그 현장감이 정말 좋았어요.

현지 대학 때 그 포인트를 고민했다고 하셨는데 찾으신 거네요!

그 포인트를 깨닫는 게 어렵잖아요.

보미 맞아요. 점점 나의 색깔을 찾아가는 느낌이었어요. 첫 직장이 정말 힘들었고 울컥하는 순간도 많았지만 그래도 좋았어요. 덕분에 주체적으로 활동할 수 있었고, 더 다양한 사람들을 만날 수 있었거든요. 그때 에리카팜 선생님도 만났고요!

맞아요! 우리가 그때 만났죠~!

현지 보미 선생님은 인생의 중요한 길목에서 첫 질문을 제대로 하셨다는 생각이 들어요. '내가 나를 설명할 수 있어야 한다.'

진행 중인 내 인생에서 한 발짝 물러나 멈춘 다음 생각해보는 게 중요하네요.

« 노무사는 되도록 안 만나는 게 좋은 사람? »

노무사라고 하면 일반적으로 노동자에게 도움을 주는 이미지인데, 실제로 어떤 일들을 맡아 처리하는지 궁금해요.

현지 아까 말씀드렸듯이 노무사들은 노동자와 회사(사업주)를 모두 아울러 대변하기 때문에 일의 성격이 굉장히 다양해요. 저희는 보통 '사건'이라고 이야기하는데, 많이 궁금하실 듯한 근로자 사건의 경우 노무사를 만나게 되는 사건을 안 겪고 퇴사하는 게 가장 좋아요. 그런 사건을 경험하면 진짜 멘탈이 나가거든요. 제일 많은 건 '임금 체불'이에요. 임금이 아예 안 들어오는 경우를 포함해, 월급이 늦어지는 것도 임금 체불이에요. 참고로 알아두시면 좋을 게 '체당금 제도'라고 있어요. 다니던 회사가 갑자기 파산하거나 부도 위기에 처하면, 국가가 근로자들한테 임금 등을 일부 지급해주는 제도예요.

그리고 제일 큰 사건은 '부당 해고'예요. 부당하게 해고를 당한 경우 구제를 받을 수 있어요. 저희가 하는 일은 정말 부당했는지를 따져보는 거죠. 상황을 알아봐서 부당 해고가 맞다고 판단되면 맞서 싸워요. 비슷한 맥락으로 '부당 징계'도 있어요. 회사에서 갑자기 정직을 당했거나 징계를 받았는데 정당하지 않다고 생각되는 경우, 노무사 사무실로 오시는 거죠. 마찬가지로 부당하다고 판단되면 같이 싸워드려요.

또 뭐가 있냐면… 일하다 다친 경우는 정말 억울하잖아요. 그런 경우는 '산업 재해'에 해당돼요. 산재도 사고랑 질병으로 나뉘는데요. 사고는 말 그대로 팔다리가 부러지는 등 다쳤을 때를 의미하는 거라면, 질병은 갑자기 뇌출혈을 일으켰다거나 하는 경우예요. 손목을 많이 쓰는 직업들은 근골계 질환, 손목 터널 증후군 같은 것들이 생기기도 하잖아요. 그런 질환들이 업무랑 얼마나 연관성이 있는지를 따져서, 산재로 인정받도록 도와드리는 역할을 해요.

산재 중에 정신질환이 가장 많을 듯한데요….

현지 맞아요. 정신질환이 요즘 정말 많이 들어오고 있어요. '직장 내 괴롭힘'도 노무사가 다루는 사건들 중 하나인데 직장 내 성희롱, 직장 내 갑질 등등, 수많은 이해관계 속에서 고통스러운 분들이 정신질환으로 산재를 신청하는 경우가 대부분이죠. 극단적으로는 자살에 이르는 경우도 있으니까, 유족분들이 신청하는 산재 건도 있어요.

일하다가 부당하고 답답한 일들이 생겼을 때 어디에 연락해야 할지 몰랐는데, 그럴 때 노무사를 찾아가면 되는 거였군요! 전화하면 되나요?

현지 요즘 노무사님들도 마케팅을 많이 하셔서 여러 방법으로 연락하실 수 있어요. 전화도 당연히 가능하고, 블로그도 많이들 하시니 쪽지도 괜찮고, 인스타그램 DM을 보내실 수도 있고요. 다만 블로그나 인스타그램은 공식 계정인지 일상 계정인지를 확인하고, 센스 있게 활용해주시는 것이 좋아요.

상담 비용은 대체로 어떻게 책정되나요?

현지 노무사들도 시간 단위로 움직이는 직업이기 때문에, 시간이 돈이에요. 보통 통화하다가 전화로는 상담의 한계가 있기 때문에 사무실로 오라고 할 거예요. 법인마다 가격은 다르지만 제가 있었던 법인의 경우 30분에 2~3만 원 정도였어요. (지금은 또 달라졌을 수도 있고요.) 한 시간 지나면 더 과금이 되는 방식이었는데 근로자한테는 과금을 안 했어요. 그냥 30분에 3만 원, 한 시간이 지나도 3만 원. 대부분 한 시간 내로 상담이 마무리되고, 그 이후로 '사건'이 되면 수수료가 붙죠. 착수금, 성공보수. 사건이 진행되기 시작하면 착수금을 받고, 사건에서 이겼을 때는 성공보수를 따로 받고요.

근로자 사건이 아닌 사용자 사건에는 어떤 경우들이 있어요?

현지 사용자 사건이라고 하면 사업주 대상인데요. 요즘은 자영업을 하는 분들도 많잖아요? 직원을 한두 명 채용했는데 계약서를 어떻게 써야 하는지부터 시작해서, 사업을 꾸릴 때 필요한 노동법들을 많이 알려드려요. 노동법은 돈을 벌어주는 건 아니지만, 돈을 아끼게 하는 법이에요. 법을 지키는 게 돈을 아끼는 거니까. 근로자 입장에서는 노무사를 평생 한 번도 안 보는 게 제일 좋지만, 사업주인 분들은 먼저 자문을 받고 시작하시는 걸 추천드려요.

좋다! 진짜 이 사회에 필요한 역할을 해서 보람되겠어요. 노무법인에 있다가 일반 회사 인사팀으로 옮겼는데 현재 업무들은 어때요?

현지 인사팀도 실무자마다 매일매일 반복되는 루틴한 업무가 있을 수 있는데, 저의 경우 중장기적인 관점에서 실행해야 하는 일들이 대부분이에요. 중대재해처벌법이 새로 제정되면서 산업안전보건 이슈가 굉장히 커졌고, 그로 인해 회사가 대응해야 하는 조직을 구성한다든지 방향성을 잡는 일을 했고요. 또 변화하는 노동관계법령 대응, 노사관계 전략 구상 등등 여러 잡무, 그리고 전국에 분포한 사업장들과 소통하는 일을 가장 많이 해요. 사업장에 계신 분들은 본사에 노무 관련 이슈가 생겼을 때 저한테 연락을 하시는 거죠. 아직 회사에 노경팀같이 노사관계만 전문으로 하는 부서가 없어서, 인사팀 안에서도 제 업무는 비교적 독립적으로 이루어지고 있는 편입니다.

독립된 업무라서 선생님이 주체적으로 해야 하지만, 마음대로 할 수는 없어서 어려운 점이 있겠어요.

현지 그래서 늘 팀장님한테 말씀드려요. "이런이런 이슈가 있는데, 어떻게 할까요?"라고 세부적인 사항을 설명드리죠. 제가 다 책임질 수는 없으니까요.

맞네요. 그게 또 조직이 있는 이유잖아요.

현지 제가 조직을 나가게 되면 그때부터는 혼자 다 책임져야겠지만, 지금은 공동 책임이에요. 하는 일이 별로 없다고 생각했는데 이야기하다 보니까 무척 많네요.

직장인들이 대체로 오늘 회사에서 무슨 일 있었냐고 물으면 별일 없었다고 하는데, 또 이렇게 제대로 말하기 시작하면 달라지죠.

보미 괜히 여덟 시간 근무가 아니에요.

월급이 제대로 책정되어 있는지 다시 한번 생각해봐야 해요. (웃음) 벌써 정리할 시간이네요. 두 분은 오늘 함바데리카를 함께한 소감이 어떠세요?

보미 그간의 업무가 정리되었어요. '내가 이런 생각을 가지고 있었구나.'를 표현하면서 도움이 많이 됐고요. 이력서를 쓰는 기분이었어요. 집에 가서 포트폴리오를 만들 수 있을 것 같고요. 또 현지 선생님을 만나서 완전히 다른 영역의 이야기를 너무 재미있게 들었어요. 상담하고 싶어지네요.

서로 알 수 없는 분야인데 알고 나니 너무 유익해요. 현지 선생님은 어떠셨어요?

현지 말이라는 것은, 정말 좋은 음식과 좋은 술에서 나오는 모양이에요. 평소에 말을 그렇게 잘하는 편이 아닌데 오늘은 술술 얘기했고요. 여러 이야기를 나눌 수 있는 자리라서 좋았어요. 어떻게 보면 친구들하고는 오글거릴 수 있는 주제를 갖고 이야기하니까 좀 더 깊은 대화가 오갔네요.

{ 4 }

longtimenohaechi

ay.inthegarden

youngle_table

각자의 삶,
나름의 고민

논술·면접 강사, 작가, 일용직 정해치

식품 MD 윤아영

지금 소개해드리는 두 분 역시 저희 집에 도착하기 전까지 각자 다른 삶을 살고 있다가, 함바데리카에서 처음 만난 사이였어요. 한 분은 외고를 졸업하고 서울 시내에 있는 대학교 경영학과에 진학해 굴지의 기업에 입사했지만 자기를 잃어가는 기분에 사이드 프로젝트에 대해 고민하는 5년 차 직장인이고요. 한 분은 특성화 고등학교를 졸업하고 자영업, 아르바이트, 일용직 등 경험해볼 수 있는 모든 형태의 직업을 거쳐 현재 시를 쓰며 일하는 대학 입시 논술·면접 강사입니다.

서로 다른 삶의 패턴과 주기를 갖고 있던 두 분과 한자리에서 이야기를 나눌 수 있는 기회가 생겨 유난히 뜻깊었던 시간이었습니다. 현장에서의 불꽃 튀는 케미와 날카롭지만 의미 있던 대화들을 만나보세요.

누구세요?

해치 저는 동인천에 사는 정해치입니다. 지금은 시를 쓰며 시집을 팔고, 대학 입시 논술·면접을 준비하는 학생들도 가르치고, 가끔 일용직을 하거나 회사원일 때도 있습니다.

아영 저는 식품회사에서 베이커리 MD를 하고 있는 윤아영입니다. 충실하게 하나의 직업에 집중하고 있지만, 언제나 사이드 프로젝트를 꿈꾸고 있습니다.

두 분은 오늘 함바데리카에서 처음 뵙게 된 사이잖아요. 각각 어떤 이유에서 신청하셨을까요?

아영 저는 에리카팜 님에 대한 호기심이 제일 컸어요. 우연히 에리카팜 님의 인스타그램을 팔로우하게 됐는데 <스우파>에서나 볼 법한 춤, 요리, 퇴사(이직), 사이드 프로젝트라는 키워드를 가지고 있더라고요. 전부 제가 관심 있거나 동경하는 단어들이거든요. 에리카팜 님의 삶이 알록달록해 보여서, 오프라인으로 뵙고 이야기를 나눠보고 싶었어요. 그리고 저 역시 일과 사이드 프로젝트에 대해 고민이 많고요. 한마디로 남들은 어떻게 살고 있나 궁금해서 신청하게 됐어요.

고마운 말씀이에요. 해치 선생님은 어떻게 신청하게 됐어요?

해치　저는 솔직히 남이 차려준 밥이 너무 먹고 싶었어요. 고졸에 이십대 중반, 보편적으로 사회에 섞이기 어려운 시선을 받는 사람으로서 고민이 많았어요. 나처럼 문신이 많고 피어싱을 한 사람도 아영 님처럼 회사에 꾸준하게 다니고 싶은데, 직장인으로 살려면 단정해야 할 것 같고…. 한국 사회에서 용인되지 않는 것들을 내가 하고 있다는 고민도 있어서…. 그런 이야기들을 나누고 싶었어요.

너무 좋아요! 비슷한 분들이 만나서 보여주는 케미도 있지만, 전혀 다른 분들이 모였을 때의 케미도 불꽃 튀지요. 오늘 두 분의 호흡이 기대가 됩니다.

《 집에서 구워 드시는 크루아상 생지, 제가 수입합니다 》

아영 선생님, 식품 MD라고 하셨는데 어떤 일인지 소개해주시겠어요?

아영　저는 가공상품, 특히 베이커리 소싱 MD로 일하고 있어요. 주로 해외 브랜드의 베이커리 상품을 국내로 들여오는 일을 해요. 국내외 파트너사와 협업해서 상품을 발굴하고 수입한 뒤 판매로 이어지게 하는 일이에요. 카페나 레스토랑 같은 업장이나 일반 소비자를 대상으로 판매하죠. 구체적으로는 공급사 관리나 신상품 개발, 수입·통관, 가격 및 매출 관리,

프로모션 기획, 내부 세일즈 교육 등을 해요.

대표적으로 어떤 아이템을 맡고 계세요?

아영 요즘 크로플의 인기 덕분에 프랑스산 크루아상 냉동 베이커리(냉동 생지)의 비중이 제일 커요. 다들 많이 아실 텐데, 이미 크루아상 모양이 잡혀 있는 냉동 반죽이죠. 해동하고 굽기만 하면 집에서도 간편하게 맛있는 크루아상을 즐길 수 있어요. 신상품도 계속 개발하고 있는데, 품질이 좋고 트렌드에 부합할 것 같은 제품이 있으면 전문가들과 함께 여러 방면에서 검토해요. 성분, 미생물 규격 등 국내 식품법에 맞는지 확인하고, 품평회를 열어 시장성이 있는지 판단하는 거죠. 이렇게 여러 관문을 통과해서 살아남은 상품은 발주를 넣고 수입해서 출시하고 있습니다.

듣기만 해도 멋있고 또 복잡하기도 하네요. 그런데 외국에 있는 생지를 어떻게 알아보고 들여와요?

아영 팬데믹 전에는 해외 전시회나 시장에 직접 방문해서 상품을 볼 수가 있었어요. 코로나 시대에는 다소 불편하지만 화상 미팅이나 이메일로 이야기를 나누고, 실물은 항공편으로 받아보는 수밖에 없어요. 그래서 검토할 수 있는 품목도 적어졌고 시간도 오래 걸리는 등의 단점이 있어요.

정말 신기하다. 일반인은 알기 어려운 세계네요.

해치 허접한 질문이긴 한데, 그럼 영어를 정말 잘하시겠네요?

영어로 메일을 보내야 하잖아요.

그러네요. 해치 선생님, 좋은 질문이었어요! 아영 선생님, 영어 잘하시겠네요?

아영 (웃음) 영어로 메일을 주고받고 또 회의하기도 하는데, 원어민처럼 잘할 필요는 없어요. 그렇지만 소통은 돼야죠.

그럼 정말 메일 끝에 비즈니스 영어에서 맨날 배우던 'Sincerely' 이런 거 쓰시나요?

아영 저는 'Best regards'를 주로 써요. (웃음)

« 회사를 다니면서도 나를 지우지 않는 법 »

어떻게 하다가 지금 회사의 이 포지션에서 일하게 됐어요?

아영 고등학교 때 TBWA 코리아의 CCO인 박웅현 님의 책을 봤는데, 광고라는 게 너무 매력적인 거예요. 소구 포인트를 응축해서 짧은 시간 안에 사람들의 마음을 사로잡는데, 그 '띵~' 하는 순간이 정말 좋았어요. 여러 사람들이 머리를 맞대고 하나의 결과물을 만들어내는 과정도 재밌어 보였고요. 그래서 고등학교 때는 광고인을 꿈꿨고, 대학도 광고 관련 학과로 진학하고 싶었어요. 그런데 제 수능 성적이 B등급 정도라면, 그 과가 있는 학교는 A등급이거나 C등급이었어요. A등

급은 못 가겠고, C등급으로 낮춰 갈까 말까 고민했는데 부정적인 이야기가 많은 거예요. '꼭 광고학과를 나오지 않더라도 광고 일을 할 수 있다.' '광고 일은 체력적으로 너무 힘들다.' 등등. 그래서 광고인이 되고 싶기는 하지만 '지금 문을 좁혀 놓지는 말자.'라고 결심했어요. 광고학과에 가면 정말 광고만 해야 할 것 같다는 생각이 들었거든요. 광고가 좋긴 해도 사람 일은 어떻게 될지 모르잖아요? 일단은 지금 지원할 수 있는 최선의 학교를 택하자 해서, 경영학과에 가게 됐어요.

경영학과가 가장 광범위하게 회사를 선택해 갈 수 있는 과이기도 하니까요. 마케팅이라는 직무랑은 어떻게 연결된 거예요?

아영 대학교를 갔는데 친구들이랑 노는 게 너무 좋은 거예요. (웃음) 광고인이고 뭐고 잊어버리고 그냥 즐겁게 지냈어요. 그러다가 우연히 마케팅 학회에 발을 들이게 됐어요. 학회 선배들이랑 교수님들이 잘해주시고 동기들과도 친해져서 무엇보다 재미가 있었어요. 연말마다 마케팅 학술제나 산학협동 프로그램에 참여했는데, 주말도 없이 며칠간 잠도 안 자고 빡세게 준비했던 기억이 나요. 그리고 경영학과는 재무·회계·인사·경영정보시스템(MIS) 등등 여러 분야의 수업을 듣는데, 그중에서 마케팅 수업에 제일 열심히 귀 기울이게 되더라고요. 어느덧 취업 준비를 할 때가 되어 돌아보니, 이제까지 해왔던 활동들이 다 마케팅과 관련된 일이었어요. 그래서 채용 공고가 뜨면 주로 마케팅 직무에 지원했어요. 제 선호도로 보나 취업 전략상으로나 마케팅 직무가 제일 적합하다고 판단했거든요. 그렇게 지금 회사에 마케터로 입사하게 되었어요.

처음부터 식품회사로 한정했던 것은 아니네요?

아영 네, 그런 건 아니었어요. 다만 일하고 싶은 업계에 약간의 제한을 두었어요. 물리적으로 실체가 있는 산업군이면 좋겠다고 생각했어요. 오감으로 느낄 수 있는! 금융이나 소프트웨어처럼 실체가 없는 건, 제 역량으로는 한계가 느껴지더라고요. (물론 지금은 생각이 달라졌지만!) 마침 제가 요리도 좋아하고, 무엇보다 식품은 맛과 향 등의 실체가 있잖아요. 그래서 망설임 없이 식품회사에 입사했고, 3년 동안 마케팅 업무를 하다가 지금은 MD로 일하고 있어요.

선생님이 직무 변경을 원하셨나요?

아영 사실 통보식 발령이었어요. 연말에 인사발령 전체 공지를 받고 나서야 제 직무가 변경된다는 것을 알았어요. 원하는 발령은 아니었지만, 새로운 일에 대한 기대감은 있었어요. 제 인생의 모토가 'Connecting the dots'예요. 주어진 상황 속에서 열심히 하다 보면 언젠가 그 일들이 쌓여 새로운 길을 만들어 내고, 생각지 못한 분야에서 빛을 발한다고 믿어요. 그런 생각으로 받아들였어요. 아마 직장인이라면 공감하는 분들이 많지 않을까요?

저도 원하는 부서 배치는 아니었지만 언젠가 도움이 되리라는 생각으로 버텼던 기억이 나요. 그럼 지금은 어떤 고민을 하고 계신가요?

아영 지금까진 주어진 상황에서 많은 것들을 배웠어요. 그런데 요즘은 회사에서 시키는 대로 하다 보니, 자아가 사라지는 기분이 들어요. 3~4년 차까지는 일을 익히느라 정신이 없었다면, 그 이후로는 내 의지로 결정할 수 있는 부분들이 많이 없다는 사실을 차츰 깨닫게 되더라고요.

'회사 타이틀을 버리고 나면, 남들에게 나를 어떻게 설명할 수 있을까?' 좋아하는 일들로 스스로를 표출하고, 독립적인 나로서의 강점을 브랜딩하고 싶어요. 회사에서는 당연히 제 모든 욕구를 충족할 수 없어요. 그렇지만 좋아하는 일을 지속적으로 하고 싶다는 욕망도 버리고 싶지 않고요. 회사를 다니면서도 나를 지우지 않는 방법에 대해 고민하니, 답은 사이드 프로젝트더라고요. 본업과 사이드 프로젝트, 서로를 보완해주지 않을까요? 사이드 프로젝트는 나를 선명하게 만들어주면서도, 마케터 혹은 MD로서의 내가 무너지지 않고 일할 수 있게 하는 에너지가 되어줄 거니까요.

맞아요. 일을 배우기만 하던 신입사원에서 벗어나 퍼포

먼스를 내야 하는 입장이 되면, 내가 회사에 헌신하는 것만큼 회사가 나를 케어해주지는 않는다는 생각이 드는 시점이 찾아오죠.

《 누드 사진 포토그래퍼 - 티셔츠 판매 - 바 매니저, 비범하다, 비범해! 》

해치 선생님과 저는 '을밀대 티셔츠'를 통해서 처음 알게 되었어요. 제가 너무 좋아하는 티셔츠인데 선생님이 직접 제작하시고 판매하셨죠. 지금은 대학 입시 논술·면접 강사를 하시고 계신다고 말씀하셨는데, 그 전에도 여러 일을 많이 하셨다고 들었어요. 가장 최초의 사회생활은 어떤 일로 시작했나요?

해치 저는 중학교 3학년 때부터 사진 촬영을 시작했어요. 그때 제가 여자 누드만 찍었거든요.

어머. 어떻게 누드 촬영을, 그것도 중학생 때부터 시작할 수 있었어요?

해치 제가 중학교 2학년 때 스트리트 패션이 한창 유행이었어요. 싸이월드 클럽에서 유명했던 레깅스 브랜드가 프로젝트 모델을 찾는다고 해서 지원했다가 활동하게 됐어요. 그때 저를 촬영해주신 포토그래퍼분이 주로 누드 사진을 찍었는데, 그분한테 영향을 많이 받았어요. 굉장히 멋있다고 생각했거든요. 그러다가 일반 회사에 들어가게 되었어요.

　어떤 회사였어요?

해치 제가 특성화 고등학교를 졸업했거든요. 실업계 학교는 취업하면 출석으로 인정되어서 학교를 안 가도 돼요. 그래서 일단 취직해서 학교 대신 회사에 갔죠. 나중에 그 회사는 그만두고, 스무 살 때 친구가 망원동에 바(bar)를 연다고 해서 같이했어요. 페인트칠하고 조명도 달고 하면서 함께 준비했죠. 저는 바의 매니저를 맡았어요.

　비범한 인생이다. 이만큼만 들어도.

해치 중간중간 콜센터나 커피숍에서 일하기도 하고, 자잘한 알바를 많이 했어요. 친구의 바는 얼마 후 문을 닫게 되었지만, 공간 운영을 해본 경험 덕분에 새로 문을 여는 카페나 바의 공간에 필요한 것들을 알려드리는 컨설팅 일을 잠시 했고요. 2019년부터는 직장에 다녀야 했는데, 대체로 체계가 너무 안 잡혀 있는 회사들이었어요. 입사하자마자 한 달 동안 야근했는데 야근 수당을 못 받은 회사도 있었죠. 어떤 회사에서는 '9~6시 근무'라 6시에 퇴근했는데, 팀장이 인사를 안하고 갔다며 메신저로 욕을 해놓았더라고요. '내가 여기서 3~5년 있어봤자 별 소득이 없을 것 같은데.'라는 생각이 들어서 바로 다음 날 그만뒀어요. 이런 일들이 쌓이면서 회사를 버티는 역치가 낮아졌어요. '나는 고졸에 문신도 많고 얼굴에 구멍도 있고, 남들에게는 내가 진지함이 없어 보여서 이런 회사밖에 못 들어가는 건가.' 하면서 자괴감도 많이 느꼈어요.

« 퇴사의 이유 vs 입사의 이유 »

아영 저 하나 궁금한 게 생겼어요. 직장인이 되고 싶고, 직장에 오래 다니고 싶다고 하셨는데 그 이유가 무엇이에요?

해치 첫 번째는 안정적인 수입이고요. 두 번째는 제가 너무 많은 일들을 해왔으니까, 이제는 하나에 뿌리를 내리고 싶은 마음이 있어요. 아영 님은 5년 동안 직장을 다니셔서 '내 일이 확실히 있으니 사이드 프로젝트를 하고 싶다.'라면, 저는 이때까지 '사이드 잡만 해왔으니 이젠 메인 잡을 가지고 싶다.'입니다.

이해했어요. 꾸준한 벌이가 되는 안정적인 직업을 가지고 싶다는 거죠?

해치 네. 그래서 직장을 5년 이상 다닌 분들은 그럴 만한 가치가 있다고 생각해서 버텼는지, 그렇다면 그 가치의 기준은 무엇인지 궁금해요.

제 커리어는 엉망진창이었지만 7년간 직장생활을 하고 퇴사한 사람으로서 말씀드리자면, 회사를 다닐 이유보다 회사를 벗어날 수 없는 이유들 때문에 오래 다녔다고 생각해요. 일단은 생계, 돈이었고요. 월급이 있던 삶에서 벗어나기 두려운 마음이 가장 컸죠. 저는 특히 학자금 대출을 갚으려고 회사에 다녔어요. 2년은 그렇게 다녔고 그다음에는 전세 대출이… 사실 대부분의 사람들이 대출을 받으면 계속 회사를 다니게 되잖아요. 직장인이어야 대출 이율이 좋은 것도 큰 이유고요.

아영 제 친구도 회사를 퇴사해버릴까 봐 일부러 차를 샀어요. 저도 정말 버티는 삶이었죠. 하루하루는 열심히 살아내지만 장기적으로 어떤 모습이 되고 싶다거나 목적을 이루겠다는 그림이 없었어요. 조준점 없이 일단 먹고살아야 하니까 다녔다고 할까요?

해치 약간 '케바케'이지 않아요? 왜냐하면 저도 대출이 있는데 회사를 금방 그만두는 스타일이거든요. 제 친구도 학자금 대출이 있지만 지속적으로 회사생활을 못하고요. 5년 이상 직장을 다니는 비결이 뭐냐고 물어보셨을 때 마음속에는 '각자의 시스템 같은 건가, 그러니까 스타일의 차이인가.' 하는 생각이 있었어요.

물론 개인차가 있겠지만, 세대의 영향도 있다고 생각해요. '다 힘든데 이 정도는 참고 사는 거지. 힘들지 않은 사람이 어디 있겠어.' 저는 그런 마음으로 회사를 다녔거든요. 그런데 퇴사를 해보니까 안 그래도 되는 거였어요. 우리가 MZ세대라기보다는 M세대잖아요. 아무래도 이전 세대의 '그래도 직장은 다녀야지.' 하는 우직한 생각과 Z세대의 '내가 하고 싶은 것을 해야지.'라는 자유로운 사고 사이에 끼인 세대여서, 고민은 많고 용기를 내기는 어려운 게 아닐까 싶어요. 저의 경우 최소 1년은 해야 그만두고 나서도 떳떳할 수 있지 않을까 하는 마음이 있었고요. 또 제도적으로 1년 이상은 근속해야 퇴직금이 나오기도 하고요. 3년 이상 일해야 업력도 생기고, 다른 회사에 경력직으로 지원할 수 있다는 조언도 많이 들었어요. 수많은 직장인들이 6년 차 즈음에 고민하는 이유가 다다를 텐데 저의 경우 취업 준비를 할 때는 '누구라도 나를 뽑아주세요.'라는 절박함이 있었다면, 정작 회사를 다니다 보니까 '이 일은 꼭 내가 하지 않아도 되는 일 같아. 꼭 내 인생에 필요한 일은 아닌 것 같아.'라는 생각이 들었죠. 솔직히 회사에서 하는 일들 대부분이 누구든 배우면 가능한 거잖아요. 그래서 꼭 필요한 사람이라기보다 오래 다닐 수 있는 사람을 뽑는다는 생각도 들고요.

아영 특히 마지막 부분에 공감해요. 회사는 꼭 내가 아니어도 되고, 나도 꼭 이 일이 아니어도 되고. 그리고 저는 이직에 대해서도 생각해보면, '어디로 옮겨야 하지, 아니면 이제 어떤 일, 어떤 조직문화에서 일해야 하지?' 고민할 때 거기서 막히는 거예요. 분명 더 재밌고 케미가 맞는 곳에서 일하고 싶은데 그게 어떤 곳인지 모르는 거죠. 도피성 이직을 하고 싶지는 않거든요. 피해 다니고 도망 다니는 느낌으로 살기는 싫어서요.

저도 회사 다닐 때 도망치듯이 옮겨간 경우가 많아요.

아영 '진짜로 내가 좋아서 할 수 있는 게 뭐지?' 이 생각을 계속하다가 시간이 이렇게 흘렀어요. 근데 답을 계속 못 찾으니까 '내가 정말 진지하게 고민하고 있는 게 맞나?' 하면서 점점 자기 비하도 하고. 그런 상태가 절정입니다.

딱 5~6년 차에 대부분 비슷한 고민을 하고, 퇴사나 이직을 하곤 하죠. 많은 이야기를 나눴지만 해치 선생님한테 후련한 답변을 주지는 못한 듯싶네요.

해치 너무 가려워요. (웃음)

해치 선생님은 워낙 많은 일을 다양하게 해왔는데, 이때까지 하셨던 일을 시간 순서대로 쭉 나열해줄 수 있나요?

해치 '중학교 때 포토그래퍼 → 고등학교 때 학교에서 취업 연계해준 회사에서 한 달간 근무 → 친구가 차린 바에서 매니저 활동 → 중간중간 자잘자잘하게 커피숍 알바 → 새로 개업하는 카페나 바 공간의 디렉팅 활동 → 블로그 마케팅 회사 → 핸드폰 케이스 판매 회사'를 거쳐서 지금은 대학 입시 논술·면접 강사를 하고 있어요. 그런데 11월이 지나면 사실 입시도

끝이거든요. 그럼 과외도 다 끊길 거고 고민이에요. '뭐 해서 먹고사나…' 급할 때는 또 쿠팡만 한 게 없긴 한데….

« '남'이 '나'로 인해 뭔가를 하게 된다는 것 »

지금 하는 일은 이전까지의 일과 많이 다른데, 어떤 일인지 소개해주실 수 있어요?

해치 대입 면접을 앞둔 학생들을 코칭하고 있어요. 요즘 친구들이 자기를 표현하는 일을 조금 어려워하는 경향이 있어서, 자신에 대해 말하는 방식을 가르쳐주죠. 학생이 목표로 하는 학교와 학군에서 작년에 나왔던 면접 문제를 뽑은 다음, 공통되는 주제와 흐름을 파악하고 축약해서 질문지를 만들어줘요. "여기서부터 네 이야기를 써보는 거야."라며 글을 쓰게 하고, 같이 보면서 고쳐주고, 또 직접 말해보게 해요. 무엇보다 써놓은 글을 외우게 하는 데 그치지 않고 진짜 본인의 이야기를 꺼내도록 해요. 왜냐하면 실제 면접 상황에서는 글로만 쓰는 단어들은 생각이 안 나거든요. 가령 '자기효능감'처럼 평소에 자주 쓰지 않는 말은 안 그래도 긴장되는 면접장에서 생각날 리가 없어요. 그래서 키워드를 숙지하게 하고 자유롭게 말하도록 하는 것이 학습 목표예요.

아영 수강생은 어떻게 모집하세요?

해치 처음에는 예전부터 과외를 하던 지인이 한 학생을 연결해줘서 시작하게 됐고, 이후 입소문이 나서 알음알음 학생이 모였어요. 과외 학생을 연결해주는 사이트나 시스템이 있지만, 저는 대학을 안 나왔으니까 예선 탈락이거든요. 그래서 소개를 통해 모집할 수밖에 없죠.

완전 입소문 기반이네요? '내가 해봤는데 해치 쌤 너무 좋아. 너도 해봐.' 이런 식! 어떻게 학생들을 사로잡는지 수업의 프로세스가 궁금해요.

해치 먼저 그 학생의 생활기록부를 받아서 무료로 오리엔테이션을 한 번 해줘요. '내가 분석을 해보니 너의 생기부는 이러이러해서 이런 것들이 더 필요하겠다.' 디렉션을 주고, 그다음부터 수업이 진행돼요.

〈스카이 캐슬〉에 나오는 김주영 쓰앵님이네요?

해치 네, 그렇다고 볼 수 있죠. (웃음) 일주일에 한 번씩 만나서 학생이 면접 전까지 해야 할 일을 알려줘요. 사로잡는 방법이라면… 예를 들어 지금 유아교육과를 지망하는 학생을 코칭하고 있는데 일주일에 세 편씩 〈금쪽같은 내 새끼〉를 보라고 제 왓챠 아이디를 알려줬어요. 근데 이 친구가 보라는 〈금쪽같은 내 새끼〉는 안 보고 자꾸 〈귀멸의 칼날〉, 〈진짜 사나이〉, 〈브리짓 존스의 일기〉를 시청하는 거예요. 결국 만나서 얘기해줬죠. "○○아, 뭐 하는 짓이야. 대학을 네가 가지, 내가 가냐…."

정말 실질적인 코칭이고, 친구 같은 선생님이라 학생들이 좋아하나 봐요.

해치 면접이라는 것이 결국 자기 이야기를 하는 자리잖아요. 학생과의 대화에서 이 친구가 누군지를 최대한 듣고, 진짜 이야기를 꺼낼 수 있도록 하는 데 주력해요. 과외가 끝나고 나서도 학생이 지속적으로 써먹으면 좋겠다는 바람으로 코칭하죠.

꼭 입시가 아니라도 언제든 학생들한테 도움 될 수업이네요. 본인 이야기를 잘할 수 있도록 코칭해주는 거니까. 보람 있는 일이네요!

해치 그 왓챠를 봤다는 친구와 지난주 수업 때 있었던 일인데요. 서로 상의하면서 글을 쓰는 와중에 "근데 선생님, 이 마지막 문장을 맨 앞으로 옮기면 어떨까요?"라고 먼저 의견을 제시해서 너무너무 감동받았어요. "○○아, 네가 드디어 도치법이라는 걸 알게 됐구나! 바로 이거야! 결론을 먼저 말하는 법을 네가 생각했어!"라고 칭찬해주고, 수고했다는 의미로 타코야키를 사줬어요. (웃음)

그 친구가 타코야키를 좋아해요?

해치 아니요, 심드렁하더라고요. (웃음) 농담이고요. 저는 이렇게 남들이 나로 인해서 뭔가를 하게 되는 게 너무 좋아요.

제가 예전에 시집을 내고 낭독회를 했는데, 참석자 중에 마흔이 넘어서 소설을 쓰기 시작한 분도 계셨어요. 지인이 공연한다고 하니까 그냥 와준 친구도 있었는데, 막상 보니까 너무 좋았다고 해줘서 기뻤고요. 계속 사람들에게 좋은 영향력을 주는 일을 하고 싶어요.

« 실패 vs 경험, 잘하는 일 vs 좋아하는 일 »

시집을 내셨다고 했는데 어떤 책이죠?

해치 2017년에 『수상 소감』이라는 첫 시집을 냈고, 올해 두 번째 시집 『쓰레기차 옆을 지나야 커피집이 있다』라는 신간이 곧 나와요. 첫 번째 시집의 주된 정서는 '불행하다, 슬프다, 인생이 괴롭다, 희망이 없다, 짜증난다.' 등이었다면, 이번 시집은 '이제 조금 성장했다.'라는 내용을 담고 있어요. 제가 어린 시절을 보냈던 시골에 대한 생각도 들어가 있고요.

언제부터 글 쓰는 것을 좋아했어요?

해치 엄마 아빠의 영향을 많이 받았어요. 엄마는 늘 일기를 쓰시고, 아빠는 사진 찍고 그림 그리고 글 쓰고 책도 많이 읽거든요. 어릴 때 집에 TV가 없어서 독서를 하면서 시간을 보낸 것도 영향이 컸어요. 저도 엄마처럼 일기 쓰는 것을 좋아하는데 '내가 써놓은 이 많은 것들이 실물로 만져지지 않으면 의미가 없는 거구나.' 해서 만든 게 첫 시집이었어요.

아영 어디서 따로 배우지도 않은 거면, 정말 재능이네요!

나에 대해 말하는 것도 어려운데, 누군가의 면접을 코칭해준다는 게 사실 쉽지 않잖아요. 그 짜임새와 개요를 알아야 하고, '이렇게 말하면 면접관이 어떤 인상을 받는다.'를 캐치하려면 언어적 능력을 넘어 메타인지가 있어야 하고요. 유년 시절부터 쌓아온 경험과 재능이 지금하는 일에도 뒷받침되었네요.

해치 면접이든 책이든 본인의 얘기를 풀어가는 거니까 비슷하죠. 그래서 저는 자기 얘기를 잘하고 싶은 사람들을 대상으로 클래스를 열고 싶어요.

브라보! 어쨌든 선생님은 이때까지 코칭해왔던 학생들과 '시집'이라는 확실한 아웃풋이 있으니까요! 클래스를 브랜딩하기 좋은 요소들이 너무너무 많아요..

아영 맞아요. 실력으로 승부를 보는 느낌.

지금까지 정말 많은 일을 하셨지만, 이게 선생님의 천직이라는 생각이 들어요! '탈잉' '프립' '클래스101'처럼 필요에 따라 선생님을 찾을 수 있는 플랫폼이 많잖아요. 입시생 말고도 직장인, 일반인 등등에게 자기 이야기를 하도록 돕는 클래스를 열면 정말 좋겠어요!

해치 이때까지 이것저것 한 게, 제대로 할 줄 아는 게 없어서

가 아니고 이 일을 찾기 위해서였나 봐요.

모래성 게임 같아요. 흙(안 맞는 것들)을 계속 덜어내면서, 그 속에 꽂혀 있는 깃발을 찾아내는 과정 말이에요. 물론 이게 선생님의 인생에 있어서 영원하지 않을 수도 있지만, 지금 가장 가까이에 있는 깃발은 선생님의 코칭이 필요한 학생들을 가르치는 일이 아닌가 싶어요!

해치 그럼 아영 선생님은 5년 차 MD로서 어떤 사이드 프로젝트를 하고 싶은 건지 궁금해요! 왜냐하면 제가 직장인 대상으로 수업을 해야 하잖아요.

어머, 벌써!

아영 단지 재밌어 보이는 걸 해도 되는데, 저는 너무 무겁게 생각하고 있어서 문제예요. 자꾸 시장성이랑 연결 짓더라고요. '내가 이걸로 돈 벌 능력이 되나, 내 강점은 뭐지?'를 고민하니까 답이 안 나오는 거예요.

가령 '내가 좋아하는 일이 이거야. → 근데 돈이 돼? → 안 돼. → 그러면 말아?' 이렇게요?

아영 맞아요. 사실 저도 에리카팜 님처럼 요리를 엄청 좋아하고 인스타그램에 '영글식탁'이라고 제가 만든 음식을 올리는 계정도 따로 있어요. '요리에 흥미도 있고 나름 실력도 조금씩 늘고 있어서, 이걸로 사이드 프로젝트를 해보면 재밌겠다.'라는 생각은 계속하고 있는데. 어떻게 풀어갈지가 숙제예요.

저도 그 계정 봤어요! 요리를 정말 잘하시잖아요! 그것
도 너무 멋지게!

해치 다음번에는 아영 선생님 집으로 가면 되나요? (웃음) 선
생님도 시그니처 메뉴가 있어요?

아영 저는 낯선 식자재를 쓰고 색다른 음식을 만드는 걸 좋아
해서, 거의 매번 색다른 시도를 해보고 있어요. 해치 선생님
이야기를 들으니까 그간 해왔던 요리들의 레시피를 계량화
해서 시그니처 메뉴를 개발해봐야겠어요! (이날 인터뷰 이후
정동 덕수궁 앞의 자그마한 와인바에서 두 차례 팝업 식당을
열었다고 합니다.)

너무 좋아요! 오늘 오랜 시간 함께 이야기를 나눴는데,
함바데리카에 참여한 소감은 어떠세요?

해치 제가 이제껏 동경하던 삶을 살아온 두 분의 얘기를 듣고
나니, 어떤 인생이든 고민한다는 건 똑같다는 것을 느꼈어요.
그리고 어쩌면 누군가도 나를 보고 '저렇게 살면 재밌지 않을
까?'라고 생각할 수 있겠다 싶었어요. 제가 만약에 5년 동안
직장을 다녔다면 선생님들이랑 똑같은 고민을 하지 않았을
까 싶고요.

너무 맞는 말씀이에요. 아영 선생님은 어떠셨어요?

아영 저랑은 다른 삶을 살아오신 분이랑, 저와 비슷한 삶을
살았지만 이제 노선을 바꾸신 분의 이야기를 들어보니까 고

142

민이 조금 가벼워지는 느낌이 들었어요. 여태껏 혼자 생각하면 할수록 계속 그 고민에 갇히는 기분이었거든요. 오늘 여기서 '이렇게 다른 삶의 방식도 있다.'라고 알려주시니까 '그냥 해보면 된다. 나도 새로운 방향으로 생각을 넓혀도 되겠다.'라는 깨달음을 얻었어요.

처음 선생님들이 스스로를 소개할 때 '식품회사 MD 윤아영과 논술·면접 강사, 작가, 일용직 정해치'라고 했지만, 이야기를 나누고 보니 선생님들은 '요리하기를 좋아하는 윤아영과 셀프 스토리텔링 코치 정해치'로 다시 보이네요.

{ 5 }

'5000끼'로부터의
해방, 그 이후

역사학원 '달빛서원' 원장 김수진

제가 '요리먹구가'로 활동하면서 줄기차게 사용하는 표현이 있는데요, '집들이만 300번+α, 집들이가 낳은 괴물'이라고 소개의 포문을 엽니다. 숫자에 압도되어서인지 다행히 꽤 많은 분들이 인상적으로 보아주시는 것 같습니다.

그런데 300번은 비교도 안 되는 숫자, 무려 5000끼를 차린 분을 소개합니다. 연신내에서 '달빛서원'이라는 역사학원을 운영하고 계시는 달빛수진, 김수진 선생님의 이야기예요! 어쩌다 5000끼를 차리게 되었는지, 그리고 이분이 운영하는 역사학원은 어떤 특별함이 있는지, 그 이야기를 전합니다.

누구시죠?

수진 초중고 학생들을 대상으로 우리나라 역사·지리, 세계 역사·지리를 가르치고 있는 달빛수진 김수진입니다.

초중고 학생들을 다 아우른다면, 역사학원을 운영하시는 거죠?

수진 네네, 달빛서원이라는 곳을 운영하고 있어요.

그래서 달빛수진 님이시구나!

수진 제가 또 달을 엄청 좋아하거든요. 조선의 달항아리도 너무 좋아하고. 달빛이 엄마의 따뜻함을 닮아서 좋아하기도 해요. 해는 아빠 같고.

해는 너무 쨍하잖아요~

수진 은은하게 비치는 달빛처럼, 있는 듯 없는 듯 나의 존재를 드러내지 않으면서 너희들의 앞길을 밝혀준다~ 어두운 밤길에 나의 빛을 따라오다 보면 길을 잃지 않는다~

어우, 기가 막힌다!

수진 그냥 지금 해본 얘기고요~

원래 또 인문학이라는 게 말을 맞추기 나름이잖아요! (웃음) 그럼 선생님은 어렸을 때부터 역사학원 선생님이 꿈이었는지 궁금해요!

수진 어릴 적부터 역사를 좋아하긴 했는데, 학생들을 가르치는 일이 직업이 될 거라고는 생각 못했어요. 일단 제가 결혼을 너무 일찍 해서, 인생이 제 마음대로 흘러가지 않았거든요.

언제 결혼하신 거죠?

수진 스물다섯 살에 대학을 졸업하자마자 결혼했어요. 결혼하고 나서는 시댁에서 살았고, 삼시 세끼 시부모님 식사를 차려드렸죠.

세어보니 5000끼였다고 들었어요.

수진 그렇죠. 이십대의 가장 창창한 나이에 삼시 세끼를 다차려가면서, 조선시대처럼 사는 사람이 지금은 별로 없잖아요. 당시 제 친구들을 봐도 다들 너무 자유롭게 사는 거예요. 여행하고 직장 다니며 커리어우먼으로…. 그런데 저는 집에서 살림하며 5년 정도를 보내다 보니 우울함이 밀려들더라고요. 이러다가는 마음에 병이 생길 것 같아서 시부모님께 분가를 선언했어요. 스토리가 길긴 한데, 어쨌든 분가를 했어요. 그리고 '뭐라도 하고 싶다. 옛날로 돌아가고 싶다.' 이런 마음이 들었던 거죠.

예전 수진이를 되찾고 싶다는 마음!

수진 '나 예전에는 이렇지 않았는데, 왜 밥만 하고 살지?' 하다가, 분가 후에는 밥에서 해방됐잖아요. 세끼를 차려도 어쩔 수 없이 하는 거랑 좋아서 하는 거는 다를 수밖에 없는데, 의

무감으로 식사를 준비하지 않아도 되니까 부담이 덜하더라고요. 마음의 여유가 생기니까 '나는 뭘 할 수 있을까?' 하는 생각이 들었어요. 제 전공이 역사다 보니 그래도 잘할 수 있는 걸로 하면 좋겠다 싶었는데, 처음부터 역사를 가르칠 생각은 못했고요. 일단은 보습학원에 선생님으로 들어갔어요.

그 당시에는 또 속셈학원, 보습학원이 많았잖아요.

수진 그렇죠! 당시에는 그런 종합학원이 많았어요. 저는 그때 아이가 어리니까 파트타임으로 일할 수 있는 곳을 찾았는데, 그 학원이 영어, 수학뿐 아니라 과학이랑 사회도 가르쳤어요. 하다 보니 제가 좀 더 잘 아는 사회 과목을 알려주는 편이 수월하더라고요. 역사를 더 많이, 더 잘 가르치고 싶다는 욕심도 생겼고요. 그리고 초등학생까지는 수학 과목이 어떻게든 커버되는데, 중학생 이상은 아무래도 어렵잖아요. 그래서 제가 잘할 수 있고 재미도 느낄 일을 계속 찾아보다가, 여성인력개발센터를 알게 됐어요. 경력이 단절된 여성들 내지는 그 지역의 여성들을 대상으로 수업하는 기관이었는데요, 비단 직업과 관계된 강좌뿐 아니라 취미반도 있었어요. 당시에 제일 인기 있었던 수업은 가죽에 그림 그리기, MBTI로 성격 알아내기, 에니어그램 등이었죠.

그때도 MBTI가 인기였군요.

수진 네. MBTI, 에니어그램 등을 활용해서 뭔가 할 수 있는 과정들이 많았어요. 그런데 저는 이전에 공부했던 역사 쪽이 눈에 들어오더라고요. 사실 '역사를 전공한 사람이 여기서 또다시 배워야 하나.'라는 생각도 했어요. 그래도 기억을 복구하고 감을 찾자는 마음에서 수업을 들었는데, 너무 적성에 맞았던 거죠. 학생들을 대상으로 가르치는 법을 배우는 과정이었는데, 어느 날 선생님께서 "너희 지역 도서관에서 수업하는 선생님이 필요하단다. 해볼래?" 제안하신 거예요.

우와! 지금의 선생님을 있게 한 엄청난 기회였네요.

수진 맞아요. 처음에는 조금 두려웠어요. 해본 적이 없는데 갑자기 그런 기회가 왔으니까요. 근데 안 하면 후회할 것 같더라고요.

기회를 탁 잡으셨다!

수진 짐을 바리바리 싸 들고 일주일에 한 번씩 도서관에서 수업을 진행했는데 재밌더라고요. 학생들도 좋아했고요. 나중에는 방학 특강도 하게 되었고요. 제가 배운 것들을 수업에 적용했을 때 반응이 오는 게 재미있었어요. '나랑 잘 맞는다.' 하는 생각이 들었고요. 그런데 진짜 너무 신기하게도, 한 어머님이 이 수업을 체계적으로 오래 듣고 싶다고 하시는 거예요. 도서관은 프로그램과 시간이 정해져 있어서 어떻게 할까 고민하다가, '그냥 집에서 수업을 해보자!' 한 거죠.

우와, 집에서요?

수진 수업을 오래 듣고 싶다고 말씀하신 어머님이 친구들이랑 그룹으로 활동을 많이 하고 계셨어요. 그래서 저희 집에서 과외 아닌 과외처럼 네 명 정도 모여 수업을 시작했어요. 그러다가 동생 팀이 오고, 또 이제 학교 팀이 오고….

완전 입소문 기반이었네요!

수진 개원해서 홍보 전단지를 돌리고 한 게 아니라, 그냥 자연스럽게 흘러간 거예요. 그러다 이제는 집보다 밖에서 하는 게 좋겠다 싶어서 공간을 구해 간판을 달고, 제대로 된 수업을 하기 시작한 거죠. 그때 이후로 지금까지 십몇 년 동안 진행된 거예요.

계획하지 않은 자연스러운 흐름이라고 하셨지만, 선생님이 중간에 마음을 먹지 않았거나 기회를 잡지 못했으면 불가능했을 일이네요.

« 뭐라도 하고 싶다는 마음 »

제가 가장 신기했던 부분은, 이때까지 '역사학원'이라고 역사만 가르치는 곳을 본 적이 없었거든요.

수진 이게 약간 블루오션인데요. (웃음) 어머님들 중 교육에 좀 더 관심 있는 분들은 영어, 수학뿐 아니라 국어도 학원을 보내세요. 그중 여력이 있는 분들은 또 역사학원을 보내시고요. 근데 대부분 수업 중심의 학원보다는 현장학습 위주의 학원을 택하죠. 왜 그런 거 있잖아요. 박물관 가면 아이들이 예닐곱 명 뭉쳐서 답사하고, 엄마들은 밖에서 기다리는 풍경을 볼 수 있잖아요. 이런 게 다 현장학습이거든요. 어머님들이 여기서 한계를 느낀 거예요. '아이들이 현장에서 듣긴 하는데, 이게 제대로 체득되진 않는다.'라는…. 그런 어머님들의 고민에 제 수업이 맞았던 거죠. 저는 일단 확실히 공부를 마치고 현장에 가요. 교실에서 수업을 1년 정도 진행하고 나면, 아이들 머릿속에 어느 정도 체계가 잡히잖아요. 그런 다음에 현장을 찾는 거죠.

이야~ 아이들 입장에서도 너무 재밌겠어요.

수진 처음부터 답사를 진행하진 않았어요. 나중에 마음 맞는 선생님들하고 답사를 시작하게 됐죠. 그런데 보통은 서울에 있는 박물관 위주로 다니거든요, 거리가 가까운 곳으로. 저희도 똑같이 하면 차별성이 없잖아요? 그래서 우리는 고구려를 배운다 하면 "충주, 단양 가자!"가 되었죠. 왜냐하면 충주에 고구려비가 있거든요. 그리고 백제를 배운다 하면 "공주, 부여 가자!"

너무 재밌겠다. 애들이 정말 좋아하겠어요.

수진 아주 좋아하죠. 특히 좋아하는 이유가 '엄마랑 안 가서'.

푸하하하하하하하하.

수진 보통 현장학습은 대여섯 명씩 그룹으로 움직여요. 엄마들이 박물관으로 데려다주면, 선생님을 만나서 두세 시간 수업을 하죠. 그동안 엄마들은 밖에서 기다리다가, 끝나면 다시 집으로 데려가는 구조거든요. 당연히 엄마들은 피곤할 수밖에요. 아침부터 준비해야지, 할 일 없이 기다려야지…. 그리고 밖에 나온 아이들이 그냥 집에 가려고 하겠어요? "나온 김에 저녁 먹고 가요~" 하면 돈이 엄청 깨지죠. 그런데 저희 답사는 '새벽 6시에 교실 앞에서 모여 버스로 출발 → 중간에 식사 제공 → 현장에서 살아 있는 수업 진행 → 저녁 6~7시에 도착'. 그러니까 부모님들에게 열두 시간이라는 선물 같은 시간을 선사하는 거죠~ 아이들도 엄마가 없으니까 자유를 느끼고, 그러면서도 그룹으로 수업하니까 혼자 맘대로 행동하지도 않고요.

부모님도 아이들도 모두가 행복한 답사네요. 아이들은 사회성도 기르고!

수진 그럼요. (단호)

« '정성'이라는 전략 »

선생님은 성인이 되어서야 비로소 지금 하는 일을 찾으신 거네요?

수진 결혼 전에는 다른 계획이 많았어요.

어떤 생각을 하고 계셨어요?

수진 박물관 쪽으로 취직하고픈 마음도 있었고요. 제가 외골수라서 그런지, 전공을 살려야 된다는 생각이 강했어요. 그런데 어쩌다 보니까 결혼을 일찍 하게 됐죠. 신랑도 역사와 관련된 일을 해서 '그래도 내가 역사에 대한 감을 잃진 않겠다.' 싶었는데, 현실은 다르더라고요. 결혼생활은 그냥 '생활'이더라고요. 애초의 계획은 틀어졌지만 인생에 계획대로 되는 건없는 법이고, 돌아 돌아서 결국 어떻게든 그 언저리에서 지금이렇게 놀고 있는 거예요.

선생님이 잘하는 일을 찾아서, 지금 '잘' 하고 계시니까너무 좋네요. 지금까지의 이야기만 들어도 '베테랑'인게 느껴지는데, 어머님들과 아이들을 끌어모으는 선생님만의 스킬이 어마어마하다고 들었어요!

수진 저희 교실에 상담하러 오는 학부모님들은 국영수학원만보내는 분들이 아니에요. 역사까지 학원을 보낸다는 거는, 어느 정도 교육열이 있는 분들이라는 뜻이죠. 저희는 팀 수업을하니까 TO가 있다고 그냥 들어오진 못하거든요. 그래서 팀의시간에 맞춰서 픽업이 가능한 분들이 오세요.

여느 학원처럼 주변 학교에 있는 학생들이 그냥 오는 게아니네요?

수진 그렇죠. 학원과 다소 떨어진 거리에 있는 학생들도 와요. 그 거리를 왔다 갔다 할 수 있는 엄마의 희생과 교육열, 끈기와 인내가 있어야 가능한 일이라 너무 감사하죠. 그래서 상담하는 시간, 수업하는 시간을 허투루 쓸 수가 없어요. 어떻게 오는지 알고 있으니까, 저도 정말 최선을 다하죠. 그러면 아이들도 재미있게 듣고 나서 "이 수업은 영어, 수학이랑 달라. 되게 좋아. 계속 다니고 싶어."라고 어필하고, 그럼 엄마는 '내가 좋은 데를 찾았구나. 계속 보내야지.' 하는 마음이 드는 거죠.

그 비법이 궁금해요. 아이들과 부모님이 좋은 수업이라고 생각하게 만드는 방법!

수진 가끔씩 아이들 발표 영상 같은 걸 찍어서 보내드려요. 부모님 입장에서는 학원에 보내놨는데 뭘 배우는지, 어떻게 시간을 보내는지 궁금하잖아요. 그래서 영상을 찍어 단톡방에 공유하면 '우리 애가 이렇게 공부하는구나.' 알게 되는 거죠.

저도 가끔 달빛서원 인스타그램 계정에 올라오는 아이들 발표 영상을 보면, 부모도 아닌데 흐뭇해지더라고요.

수진 흐뭇하죠~ 그러면 추가로 연장되는 거예요. 몇 달 더 등록하고, 동생이 있으면, 동생들도 팀을 꾸려서 수업을 듣게 되고. 아니면 어떻게 해서든지 팀을 만들어 오고. 얼마 전에는 이런 일이 있었어요. 직장에 다니는 어머님인데 아는 사람들이 없는 거예요. 특히 코로나로 아이가 학교를 안 가니까 엄마들 커뮤니티도 없고, 수업을 하고 싶은데 팀이 안 만들어지는 거죠. 그래서 '네이버 밴드' 같은 각종 동네 커뮤니티에 '저랑 이거 하실 분~' 올리셔서 팀을 꾸려 오셨더라고요.

마케팅이 따로 필요 없네요!

수진 그렇죠. 처음부터 '학원을 내야지, 간판을 달아야지, 전단지를 만들어야지, 그리고 인스타그램을 해야지.' 한 게 아닌데 자연스럽게 흘러왔죠. 시간이 지나면서 저한테도 노하우가 쌓여서 컴플레인도 별로 없고, 엄마들도 그냥 믿고 보내세요. 그동안 다닌 학생들, 그전에 배운 친구들이 다 좋다고 하니까 소개로 오는 경우가 많죠.

« 디테일과 칭찬의 힘 »

학부모와 상담하실 때 선생님만의 노하우가 있나요?

수진 처음 상담 때는 보여지는 것도 중요해요.

어머님들을 압도하시는구나!

수진 저도 '풀 착장'으로 하고 가요. 코로나 전에는 다과도 예쁘게 준비해서 드렸거든요, 예쁜 잔에다~ 일반적인 영수학원에서는 이렇게 대접하지 않거든요. 그냥 피낭시에 하나랑 커피를 드리는 건데도….

과자가 아니었어요? 피낭시에예요?

수진 포장된 휘낭시에 하나…. 사실 이런 게 아무것도 아닌데도 있어 보이고, 학부모님들로 하여금 '이 선생님은 이런 거 하나까지 디테일하게 신경 쓰네. 센스가 있구나.' 느끼도록 만드는 거죠. 상담받는 공간도 정돈된 환경, 선생님의 자세와 말투에서 드러나는 그 공기라는 게 있잖아요~ 그냥 공간으로 보여드려요. 그러니 '얘기 들어서 와봤는데, 그 사람 말이 맞구나.' 생각하고 수업을 등록하는 거죠. 첫 상담, 첫 수업은 특히나 신경을 많이 써요. 일단 학생들 머릿속에 '이 수업 재미있다.'라고 입력되면, 그다음부터 수업이 조금씩 힘들어져도 견뎌보려고 하더라고요.

학생들이 재밌다고 느끼게끔 만드는 방법이 궁금해요.

수진 재미있으려면 선생님한테 배운다고 생각하면 안 돼요. 자기네들이 안다고 생각하게 만들어야 해요.

우와~ 소름 돋았어요.

수진 제가 질문하되, 당연히 아이들이 대답할 수 있는 질문을 던져요. 그리고 "이야~ 너네 어떻게 알았어?" 하면은 본인들이 잘 알아서 답했다고 느끼죠.

이거 진짜 중요해요. 엄청 고단수다~ 쓰앵님~

수진 보통 우리가 학원을 다니는 이유는, 모르니까 배우러 가는 거잖아요. 그런데 영수학원 같은 경우는 자꾸 평가를 받잖아요. 저희는 평가하지 않고 "이거에 대해서 어떻게 생각해?"

물어보는 거죠. 아이 스스로 생각해서 답이 나오게끔 계속 유도하는 거예요. 그런 다음 "너 천재 아니야? 진짜 똑똑해! 어떻게 알았어?" 하면, 아이가 의기양양해지거든요. 긍정 에너지가 필요한 아이들은 그 부분이 특히나 중요하고요. 또 외울 게 많은 경우는, 노래로 만들어 부르게 하고 상품도 줘요.

상품은 어떤 걸 주시나요?

수진 상품은 먹을 게 최고예요. 젤리 같은 것을 주면서 "너네처럼 이렇게 한 번에 통과한 팀은 아직까지 없었어."라고 얘기해줘요.

사실인가요?

수진 저는 항상 사실이라고 생각하는데. (웃음) 늘 너무 잘해오니까요, 아이들이. "너네 팀이 진짜 어벤져스다. 어떻게 이렇게 알고 왔어~?" 칭찬해서 으쓱으쓱하게 만들어주는 거죠. 사실 어른들도 칭찬받으면 좋아하잖아요.

맞아요, 어른들도 칭찬받으면 기분 좋은데.

수진 근데 애들한테 칭찬을 너무 안 해주거든요. 95점 맞았는데 100점 못 맞았다고 아쉬워하고. 95점도 충분히 잘한 건데. 있는 그대로 아이를 칭찬해주는 분위기가 전반적으로 부족한데, 저희는 칭찬이 넘쳐나니까 아이들이 좋아하죠.

아주 아이들을 잡네요, 잡아. 사로잡아~

수진 저는 이런 게 적성에 맞을 거라 생각 안 했는데, 정작 해보니 아주 잘 맞더라고요. 그러니까 무슨 일이든 시행착오도 많이 하고, 경험도 많이 쌓는 게 중요하다고 생각해요.

« 인생이라는 게 어떻게 흘러갈지 모르지만 »

제가 선생님이 정말 대단하다고 느끼는 포인트는, 보통 회사에서 일을 배울 때 인수인계를 받거나 사수한테 의지하는데 그런 과정 없이 혼자서 다 터득하셨다는 거예요.

수진 눈치가 빠르고 일머리가 있다고 해야 할까요? (웃음) 혼자 하니까 피할 수 있는 일은 최대한 피하고, 시간이 지나면 해결될 것 같은 일에는 일부러 열을 쏟지 않아요. 그러니까 저도 스트레스 덜 받고, 애들은 좋아하고, 부모님도 만족도가 높고.

이야기할수록 더 고수로 보이는 느낌이에요.

수진 엄마들이 영어, 수학에 비해 상대적으로 역사 쪽에는 너그러운 듯해요. 점수를 잘 받는 것보다 앞으로 사는 데 도움이 될 상식, 교양, 기초라고 생각하는 분들이 많고, 저도 첫 상담 때 이걸 굉장히 강조하죠. "저는 시험 대비는 안 합니다."라고요. 시험 대비에 집중하면 애들은 흥미가 떨어질 수밖에 없거든요. 요즘 어머님들 다들 똑똑하고 대단한데, 어쩔 수 없이 아이는 늘 아킬레스건이잖아요. 내 아이를 맡겼다 하면

161

엄마의 자세가 낮아지죠. 그런 마음을 잘 아니까, 아이가 재미를 느끼고 흥미를 유지하는 데 신경 쓰는 거죠. 아이가 즐거워하는 게 엄마한테는 제일 만족스러운 일이니까요. 그런데 이런 것도 10년쯤 되니까 깨우친 거예요. 예전에는 잘 모르면서 그냥 하고 싶은 대로 한 건데, 지나고 보니까 그게 노하우가 됐어요.

하고 싶은 대로 했다는 말씀이 원하는 것만 했다기보다는, 문제가 될 만한 것들을 사전에 제거해왔다는 뜻 같아요. 그렇게 운영한 게 오래 유지해온 비결이라는 생각이 들고요.

수진 맞아요. 무엇보다 이때까지 이렇게 할 수 있었던 일등공신은 아이들이에요. 아이들은 순수하고 있는 그대로 받아들이니까, 그 순수함에 제가 정화되곤 하더라고요. 제가 아이를 키워서 더 가능한 부분도 있고요. 어떻게 보면 '어릴 때 결혼한 게 너무 잘한 거야.'라는 생각도 드는데요. 학부모님들이 대부분 저보다 연세가 많으세요. 근데 그분들은 아직 아이가 초등학생이고, 저는 아이가 고3이거든요. 부모의 세계에서는 본인의 나이랑 상관없이, 아이의 나이가 그 사람의 나이가 되거든요. 그러니까 엄마의 나이와 별개로 아이가 크면 이 엄마는 인정해주는 거예요. 저도 가끔씩 '내 아이가 몇 살인지 밝혀야겠다.'라고 생각되는 포인트가 있을 때는 자연스럽게 이야기를 하죠. "힘드시죠? 저도 너무 힘들었어요~" 하면 보통 "애가 몇 살인데요?" 물으시거든요. "고3이에요." 그럼 이제 뭐~ 게임 끝나는 거예요~

'믿어도 된다.' 어필하는 거죠!

수진 '잘할 수 있다.'는 믿음을 드리는 거죠. 그리고 그게 말로 끝나면 안 돼요. 실제로도 꼭 그렇게 해야 하는 거죠.

진짜 멋쟁이시다~!

수진 시집살이 5년이 되게 억울한 시간이었다고 생각했는데, 돌이켜보니 그 시절이 있었기에 제 일을 찾을 수 있었던 것 같아요. 밖으로 나올 결심을 했고, 일을 하겠다는 마음을 먹었으니까요. 그 시절 차린 5000끼를 토대로 요리책도 냈으니, 나름 보상받은 기분도 들고요. 인생이라는 게 어떻게 흘러갈지 모르지만, 내가 의미 있는 쪽으로 엮으면 되더라고요. 내가 존재하는 이유를 계속 묻고, 스스로 가치를 증명해내야 흔들리지 않고 우뚝 설 수 있어요.

크~ 감동…. 오늘 좋은 말씀을 많이 해주셨는데, 마무리로 한 말씀만 더 부탁드려요!

수진 저는 이 함바데리카의 주인장이 잘되서서 '나, 그분 아는 사람이야!' 이렇게 말하고 싶어요. (웃음)

'마! 밥도 먹고 다 했어, 마! 옛날 얘기도 많이 했어. 나 되게 친했어! 요리도 같이했어!' (웃음)

수진 뻥뻥, 이야기할 수 있으면 좋겠어요. 물론 지금도 너무 훌륭하지만, 만인이 좀 더 주인장의 매력을 알 수 있기를! 초대해주셔서 감사해요!

francess.hand

_soooojiin

{ 9 }

우리는 모두
'자기 삶의 예술가'!

일러스트레이터 수수진

안무가, 무용가 손지민

함바데리카를 진행할 당시 제가 가장 많이 느꼈던 점은, 모두가 본인 인생의 건축가이자 노동자이고 또 자신의 삶을 바탕으로 이야기를 써내려가는 예술가들이라는 사실이었어요. 직장인이든 프리랜서든 자영업자든, 삶을 꾸려가는 과정은 모두 예술이었습니다.

그렇다면 실제 아티스트라는 직업으로 활동하고 계신 분들의 이야기는 어떨까 궁금해졌습니다. 지금 소개해드리는 두 분은 2021년 공식적으로 진행한 함바데리카의 마지막, 피날레를 의미 있게 장식하고자 제가 직접 연락드려 모셨어요. 그림을 기반으로 다양한 활동을 하고 있는 일러스트레이터 수수진 선생님, 무용을 기반으로 다양한 활동을 하고 있는 안무가이자 무용가 손지민 선생님의 이야기를 들어주세요.

누구시죠?

지민 저는 무용을 기반으로 공연·예술계에서 활동하고 있는 손지민입니다.

수진 저는 1988년에 태어난 일러스트레이터 수수진입니다.

수수진 선생님은 일러스트, 손지민 선생님은 무용. 그야말로 예술을 하는 아티스트분들을 모셨는데, 오늘 나눠볼 대화들은 그간 함바데리카에서 나온 이야기들과는 많이 다를 듯해서 기대가 됩니다. 수수진 선생님부터 하는 일을 조금 더 자세하게 설명해주시겠어요?

수진 저는 개인 작업을 할 때도 있지만, 주로 상업 일러스트를 하고 있어요. 상업 일러스트는 클라이언트의 요청에 의한 그림이라는 점이 가장 큰 특징이에요. 의뢰한 분의 니즈에 맞춰서 창작을 하는 거죠. 대부분 포스터나 패키지 작업들입니다.

간판도 많이 작업하신 것으로 알고 있어요.

수진 네. 로컬숍 협업도 많이 하고, 또 대학로 '파랑새극장'에 가시면 제가 작업한 3미터짜리 현수막도 보실 수 있어요! (웃음) 일러스트가 사용되는 범위가 굉장히 넓어요. 로고, 포스터, 웹사이트에 들어가는 배너, 책 표지 등등 그림이 사용되는 거의 모든 작업들을 생각하시면 될 듯합니다.

정말 멋져요~! 지민 선생님도 하는 일을 조금 더 자세하게 설명해주시겠어요?

지민 저는 무용을 전공했고, 현대무용을 기반으로 다양한 활동들을 해요. 주로 무용가로 활동하고요. 연극에 필요한 움직임이나 안무도 만들고 있고 티칭 아티스트(teaching artist), 줄여서 TA라고 부르는 예술가 교육활동도 하고 있어요. 가령 중학교에서 아이들과 예술활동을 하는 공교육 관련 TA활동도 있고, 비전공자분들과 함께하는 TA활동도 있어요. 이렇게 무용에서 파생될 수 있는 여러 일들을 꾸준히 하고 있습니다.

두 분 모두 그림, 무용을 기반으로 하면서 거기서 파생된 여러 일을 한다는 공통점이 있네요. 수진 선생님은 백화점 문화센터나 아이패드 워크숍을 굉장히 많이 진행한다고 알고 있어요. 지민 선생님도 티칭 기반의 활동들을 하고 있고요.

수진 콘텐츠가 있으면, 거기서 파생되는 일들이 많은 것 같아요.

지민 맞아요. 집단에서 뭔가를 진행하고 리드하는, 분위기를 끌어가는 일들을 하게 되죠.

일종의 모더레이팅(moderating)이네요.

지민 그렇죠. 알게 모르게 모더레이팅을 많이 경험하고 있어요.

최근에 지민 선생님 인스타그램에서 본 것 중 인상 깊었던 게 '통증' 관련 워크숍을 진행하셨더라고요.

지민 네. 한국예술인복지재단에서 하는 '예술인 파견 지원사업'의 일환이었어요. 그림을 그리거나 시각디자인을 하는 작가님들과 배우분들로 구성된 팀이 함께했고요. 저희가 기획사업으로 참여한 곳은 한의원이었어요.

팖,수진 한의원이요?

지민 네네. 사실 우리가 아프다는 것에 대해서 '나 여기 아파.'라고 말하기가 쉽지 않잖아요. 유쾌한 이야기도 아니고요. 통증을 다르게 바라보고 대화할 수 있는 시간을 가져보자는 취지로, 참여 예술인분들과 함께 기획·구성해서 진행한 워크숍이었어요. 저는 워크숍의 본활동에 들어가기 전 릴랙스를 위한 웜업(warm-up) 활동을 진행했어요.

수진 굉장히 의미 있는 자리네요!

우와! 진짜 예술적인 활동이네요. 신기해요.

《 많이 해봐야, 많이 할 수 있다 》

조금 더 구체적으로 선생님들이 어떤 식으로 일하는지, 패턴이 궁금해요. 가령 작업이 착수되는 과정을 이야기해주실 수 있을까요?

수진 저는 정말 '착수' 과정이 필요한 사람이에요. 먼저 클라이언트의 요청을 받으면 한 사나흘 정도는 이미지네이션 과정을 거쳐요. 이미지 리서치도 많이 하지만, 의외로 텍스트리서치도 상당히 많이 하는 편이에요. 관련된 책이 있다면 찾아 읽는 등, 텍스트 리서치에 오랜 시간을 할애합니다. 이후 머릿속에 수집된 내용들을 정리하는 시간을 갖고 풀어내기 시작하는데, 작업이 막힐 때는 엄청 힘들지만 잘될 때는 갑자기 확 풀리기도 해요. 무엇보다 완성된 결과물을 보면 그때의 짜릿함이 굉장히 큽니다.

제가 들어도 정말 짜릿해요. 인스타그램에 선생님이 작업한 결과물들을 올리잖아요. '어쩜 이렇게 선생님 스타일로 이 브랜드를 표현하셨나.' 하는 생각이 들고 신기하더라고요!

수진 그 결을 잃지 않으려고 노력하는 편이에요. 이 일을 한지 4년 차가 되다 보니, 제 결을 좋아해주는 분들께 연락이 오곤 하죠.

지민 선생님도 어떤 방식으로 일하는지 궁금해요. 선생님만의 스타일이나 루틴이 있을까요?

지민 제 업무 스타일은 무용가일 때와 안무가일 때로 나눠서 말씀드릴 수 있어요. 안무가로 연극 작업 의뢰를 받았을 때는, 연출가의 장면 해석 등을 파악하고 대사 분석도 진행해요. 또 실제로 연기하는 배우분들이 어느 정도의 움직임성을 갖고 있는지 파악하려고 노력을 많이 해요. 어떤 작품에서는 배우분들도 서로 처음 만나기 때문에, 각자가 어떻게 몸을 쓰는지 모르는 경우가 있어요. 그럼 간단한 움직임 워크숍을 통해서 서로 말이 아닌 몸으로 교류할 수 있도록 해요. 이 밑작업은 비가시적이고 특징적인 물성이 없다고 느낄 수도 있지만, 공연이 잘 굴러가게끔 멤버들 사이의 주파수를 맞추는 일을 중요하게 생각하는 편입니다. 공연예술 쪽은 안무가, 무용가, 작가, 연출, 배우, 스태프들이 소통과 합의를 많이 거쳐야 하는 장르거든요. 그 소통과 합의의 과정이 불합리하지 않고 원만하게 이루어져야 다들 만족감을 느낄 수 있죠.

그리고 무용가로 일할 때는 안무가가 무엇을 원하는지에 집중하다 보니, 질문이 많은 편입니다. 어찌 되었든 저희는 선택받아야 하는 입장이기 때문에, 선택하는 사람의 니즈를 빨리 파악하려고 노력하는 편이죠.

> 선택받아야 하는 일이라고 말씀하셨는데, 그럼 선택을 잘 받으려면 어떻게 자신을 알려야 하나요?

지민 좋은 질문이에요.

수진 저도 궁금해요.

지민 계속 작업을 많이 할 수밖에 없어요. 노출이 많이 되어야 합니다. 제가 올해로 무용가 활동을 한 지 10년 차가 되었어요. 그간 활동하면서 공연예술계(무용과 연극)에 저라는

173

무용가가 있다는 사실을 노출할 기회를 계속 쌓았죠. 그렇게 프리랜서 무용가로서 인프라를 구축해왔고, 그러다 보니 인맥이 없는 분들과도 작업하는 일이 많이 생겼죠.

많이 해봐야, 또 많이 할 수 있군요!

지민 그렇죠. 본인의 활동 내역을 잘 정리해서 사이트를 만들어놓는 분들도 있지만, 실제로 활동하는 모습을 노출하는 편이 보다 효과적이라고 생각해요. 직접 보면 더 신뢰가 생기니까요.

그럼 아직까지는 오프라인의 의존도가 조금 더 크다고 볼 수 있겠네요?

지민 네, 오프라인이 80퍼센트 정도 될 듯해요.

« '미친 코로나'가 미친 영향 »

80퍼센트라면 상당한 비중인데, 코로나의 영향은 없었는지 궁금해요.

지민 저는 너무나 감사하게도, 다른 분들에 비하면 그렇게 영향이 크지는 않았어요. 물론 아예 영향이 없지는 않았지만, 생활하는 데에 있어서 타격을 크게 받지는 않았어요. 오히려 많은 부분이 온라인으로 대체되면서, 영상을 촬영하고 송출하는 방법으로 넘어가니까 그 안에서 새롭게 발견되는 작업과 재미가 있었죠.

수진 선생님은 어떠셨어요? 오프라인 워크숍을 많이 하셨는데, 코로나 시국을 맞아 어떤 변화가 있었을지 궁금해요.

수진 2020년 2월 코로나가 가장 심각했을 때는 오프라인 클래스가 전면 취소됐어요. 그런데 다행히 온라인 수요가 확 늘어나는 거예요. '클래스101' 같은 온라인 교육 플랫폼은 코로나 이전에도 있었잖아요. 저는 이전에도 클래스101과 같이 일했는데, 코로나가 퍼지면서 온라인 수강생 수요가 급격하게 늘더라고요. 다만 아쉬운 점은, 직접 만나서 같이 그림을 그리고 이야기도 하고 뭐라도 나눠 먹는 따수운 재미가 사라졌다는 거예요.

지민 맞아요~ 직접 만나는 거랑 아닌 거랑 너무 다르니까요!

수진 그리고 제가 체감한 사실 하나는, 오프라인 클래스에서 만난 수강생분들은 온라인에서도 따뜻한 관계가 이어지거든요. 그런데 온라인 클래스 수강생분들은 수업 이후에 따로 만남을 가지기 어려우니까, 소통이 지속되지 않더라고요. 아! 그리고 원래 제가 작업실로 쓰면서 워크숍도 진행할 겸 공유 오피스에 입주했었는데, 코로나로 인한 불안감 등 때문에 원룸을 따로 구하게 됐어요. 그러다 보니 사람들과의 교류가 더욱더 없어졌고요. 일 자체는 온라인 클래스나 줌(ZOOM)으로 대체 가능한데, 사람을 실제로 만나는 데서 오는 그 따뜻함은 무엇으로도 대체할 수 없네요.

맞아요. 외향형이든 내향형이든, 사람은 사람을 만나야 해요. 그런 부분은 어떠세요? 고독함에 대해서는?

지진 제가 느끼기에 무용은 무조건 협업이에요. 설사 솔로 작품을 하더라도 극장에 올리기 위해서는 다양한 스태프들과 관계자를 만나니까, 결국에는 협업이거든요.

수진 지진 선생님처럼 협업하는 게 자연스러운 예술 분야가 있는가 하면, 반대로 제가 하는 일은 완전히 독립적인 영역이에요. 미팅 없이도 메일만 몇 번 오가면 충분히 진행 가능한 일들이죠. 그러다 보니까 더 고립되는 건 사실이에요. 그런데 '작가는 고독과 친해져야 한다.'라는 것은 정말 불문율이라는 생각을 해요. 일러스트레이터는 상업 작업이든 개인 창작이든 자기 작업을 설명할 수 있는 메시지가 필요한데, 저는 그걸 늘 언어로 풀어내거든요. 즉 그림과 글이 늘 같이 가죠. 그런데 글을 쓰는 데 있어서 이 고독의 시간은 저한테 자양분이 됐어요.

지진 필요하죠. 원래 한번 흐르면 계속 흐를 수밖에 없으니까, 때로는 좀 고여 있어야 그게 결과물로 나오잖아요.

« 우리는 모두 태어날 때부터 아티스트! »

어머, 표현 봐! 어쩜 이렇게 아티스트 같을 수 있는지~ 그래서 제가 물어보고 싶은 건 그거예요. 언제부터 이렇게 아티스트였던 건지? 지민 선생님은 언제부터 아티스트로 활동했다고 볼 수 있나요?

지민 제가 아티스트라고 할 수 있는지 잘 모르겠어요. 여하튼 물리적으로 시작한 건 초등학교 때부터니까, 아티스트가 된 지 20년이 넘었다고 할 수 있겠네요.

헤엑~ 20년이요? 뿌이뿌이뿌이!!

지민 20년이 넘어서 좋은 점도 있고, 안 좋은 점도 있어요.

좋은 점부터 말씀해주시겠어요?

지민 좋은 점은 어느 분야든 20년 동안 한 가지를 계속했다고 하면, 나름 '장인'이라고 불릴 수 있잖아요. 오래 한 덕분에 이 일로 먹고살 수 있는 것 같아요. 안 좋은 점도 출발은 같은데, 오래 하다 보니 '내가 과연 이 일을 언제까지 지속할 수 있는가.'에 대한 고민을 해요. 20년 동안 춤을 췄고, 프로 무용가로 데뷔한 지도 10년이 넘었는데 '나에게 과연 재능이 있나.' '안무를 해도 되는 것인가.'에 대한 의구심이 항상 있어요.

오래 했지만, 이 일이 당연하지 않은 거네요.

지민 그렇죠, 당연하지 않아요. 재능 있는 사람들이 너무 많아서, 항상 스스로 재능이 있는지 묻게 돼요. 제가 질문을 많이 하는 타입인데, 저 자신에게도 질문을 자주 던지게 되네요.

지민 선생님이 역대 함바데리언 중에서 가장 먼저 커리어를 시작한 것 같아요! 처음에는 현대무용이 아니라 한국무용으로 했다고 들었어요.

지민 네. 어릴 때 한국무용을 했는데, 처음부터 너무 '찐하게' 배웠던 탓에 중간에 관두고 싶었어요.

'찐하게' 배웠다면?

지민 제가 배운 학원이 대입을 준비하는 언니 오빠들이 다니는, 혹은 대학교를 갔는데도 여전히 수련이 필요한 사람들이 찾는 곳이었어요. 말 그대로 '선생님'이라고 불리는 대가 선생님께 배웠거든요. 아무래도 힘든 부분이 많았죠. 그래서 관두고 싶었고, 중학교 때 현대무용으로 전환을 권유받았어요. 예고에 진학해서는 현대무용을 배웠고, 대학교도 무용과로 진학했죠.

한국무용을 하다가 처음 현대무용을 접했을 때는 어땠는지 궁금해요.

지민 처음에는 그저 흡수하기 바빴어요. 그런데 한 가지 놀라운 점은, 한국무용이라는 장르에서 표현할 수 있는 부분과 현대무용이라는 장르에서 표현할 수 있는 부분을 구분 지어서 배웠다고 생각했는데, 졸업하고 활동하다 보니까 두 장르가 제 안에 뒤섞여 있더라고요. 최근에 어떤 작업을 하면서 특히 그걸 느꼈는데요. 현대무용 테크닉이 필요했던 작업에서 제 춤의 뿌리가 되는 한국무용 동작을 자연스레 꺼내는 순간을 겪었어요. '이게 사라진 게 아니구나. 내 안에 있구나.' 느꼈죠. 특히 현대무용은 다양한 관점을 수용할 수 있는 장르라고 생각해요.

역시 Connecting the dots! 예전에 했던 것들이 사라지지 않고, 나중에 어떻게든 발현이 되네요! 그럼, 수진 선생님은 언제부터 그렇게 아티스트가 되었어요?

수진 우리는 모두 태어날 때부터 아티스트죠! 저는 제가 예술가가 아닌 적이 없다고 늘 생각했고, 그 생각으로 직장을 다녔어요. '지금 직장을 다니고 있기 때문에, 아직 그 자리로 가지 못했어. 언제든 갈 수 있어.'라고 믿었죠. 저는 예상보다 많은 직장인들이 그렇게 생각한다고 봐요. (웃음) '나 아티스트야~ 내가 무슨 부귀영화를 누리겠다고 직장생활을 이렇게 하나!'

지민 완전 반대네요. 우리는 '무슨 부귀영화를 누리겠다고 여기서 무용을 하나~' 이야기하거든요. (웃음)

직업인들은 다 같은 마음인가 봐요~! 수진 선생님, 원래 전공은 교육학이었죠?

수진 맞아요. 그래서 클래스, 워크숍을 만드는 데 도움이 돼요.

179

제가 입시미술을 잠시 배우기는 했지만, 그림을 전공하지는 않았어요. 그런데 전공자가 아니라는 점이 더 과감한 시도를 하게 만들어서, 오히려 메리트라고 생각해요. 제가 하는 워크숍에 간혹 정도(正道)를 걸은 예술가분들, 예를 들어 대학에서 서양화를 전공하고 대학원까지 진학한 분들이 오기도 해요. 틀을 깨고 싶고, 단순하게 그리는 방법을 배우고 싶다고 찾아오는 거죠. 그분들을 통해서 과거에 익혀왔던 틀을 깨는 모멘트들이 필요하다는 사실을 알게 됐어요.

지민 그분들의 선생님인 거네요!

너무 멋지다!

수진 제가 열일곱 살때 미국에 교환학생으로 갔는데, 그때 미술 스타일이 많이 바뀌었어요. 우리가 한국에서 배우는 정기 교육 과정은 대부분 서양미술 기반인데, 미국에서 가르치는 스타일은 완전히 다르더라고요. 가령 우리나라에서는 선 긋기부터 출발하는데 미국은 그렇지 않아요. 또 우리는 물감 몇 개를 팔레트에 짜고 시작하는 서양화의 규칙을 그대로 따르고 있는데, 정작 미국 친구들은 색깔 다섯 개를 토대로 많은 색을 만들어내라는 과제를 받아요.

중국에 갔는데 짜장면이 없는 느낌인 건가요?

수진 맞아요. 한번은 제가 데생을 하는데 친구들이 왜 이렇게 잘 그리냐고 묻는 거예요. 저는 한국에서 서양화 기법을 배운 거니까, 미국 친구들도 당연히 이렇게 할 거라고 생각했거든요. 그런데 미국 친구들한테 파인 아트는 그런 개념이 아니더라고요.

지민 입시미술, 입시무용, 입시음악이 어떤 기준들을 규격화해서 '이 바운더리 안에 들어오면 통과'라고 인지하게 만드는 교육 같아요. 근데 이게 사실은 틀에 가둬놓는 거죠. 저도 너무 공감하는 게, 여태까지 하고 있던 규격화된 '무용'이라는 틀에서 도망치고 싶었어요. 어떻게 보면 어릴 때 '무용'이라고 하는 것보다 그냥 '춤'이 추고 싶었던 거라는 생각이 들어요.

두 분 이야기가 반대되면서도, 맥락이 이어지는 듯해서 신기해요.

« 안무 프로젝트? '고퀄리티 용역'이랄까요 »

안무가 선생님들은 어떻게 프로젝트가 만들어지고, 어떤 식으로 일이 진행되나요?

지민 대학 졸업 후 학교 안에 있는 무용단에서 활동하거나, 학교 밖에서 독립 안무가들끼리 혹은 마음 맞는 무용가들끼리 자비를 들여서 프로젝트 형식으로 공연해요. 요즘에는 예술문화재단이나 지자체의 지원금이 다양한 카테고리로 분류되어 있어요. 예를 들자면 크게 서울문화재단, 경기문화재단, 한국문화예술위원회(줄여서 '한문위')에서 여러 지원금이 많이 나와요. 지원서를 쓰고, 심사를 받고, 나중에 결과물을 만들고, 보고서를 내는 형식으로 진행되죠.

> 무용가, 안무가라고 하면 춤을 추고 안무를 짜는 일 정도만 떠올랐는데, 하는 일이 생각보다 굉장히 많네요. 지원 서류도 작성해야 하고, 정보도 알아봐야 하고요.

지민 요즘에는 멀티로 일하는 게 너무 당연해졌어요. 국공립기관처럼 큰 무용단 안에서 본인이 무용수로서만 활동하겠다고 마음먹지 않는 이상, 독립 무용가·안무가로 활동하는 사람들한테는 당연한 일이에요. 나는 그 룰에 들어가지 않겠다는 마음이라면 사비로 해결하면 되긴 하죠. 하지만 경제적으로 풍요로운 게 아니라면, (공연의) 규모가 작아지고 약소화될 수밖에 없기 때문에 (자본주의사회니까요.) 지원금의 문을 계속 두드리는 거죠.

한편으로는 지원금을 받기 위해서 작품을 만드는 게 아니냐는 우려의 목소리도 있어요. 실제로 그렇게 만들어지는 작품들도 더러 있다고 느끼고요. 연초에 지원금 시즌이 지나면 스파프(SPAF), 모다페(MODAFE, 국제현대무용제), 시댄스(SIDance, 서울세계무용축제) 등 페스티벌 형식으로 진행되는 공연도 많아요. 서울거리예술축제 등 각종 거리예술축제에서 만들어진 작품을 공식 초청하거나, 안무가와 페스티벌이 협력해서 새로운 작품을 만들기도 합니다.

　　　그럼 무용가 선생님들은 어떤 방식을 가장 선호하세요?

지민　개인차가 분명히 있겠지만, 아무래도 저 같은 독립 안무가는 서울문화재단의 지원사업을 선호해요. 카테고리가 굉장히 다양하거든요. '창작 준비 지원형'처럼 리서치 우선으로 하는 작업은 사례금이나 당첨금 형식으로 지원하는데요, 리서치 과정을 증명하는 보고서 정도만 제출하고 정산은 따로 안 해도 되는 것으로 알고 있어요. <스팍TV>가 서울문화재단의 공식 유튜브 채널인데, 여기에 지원금이나 행사에 대한 정보가 올라와요. 매년 조금씩 방법이 달라지니까, 꼼꼼히 지원서를 읽어보시는 게 좋아요.

　　　무용을 기반으로 한 자영업자 같아요!

지민　정말 별일 다 해요. 저희끼리는 집중력 좋은 '고퀄리티 용역들'이라고 자주 이야기해요. (웃음)

« 내가 나를 증명하는 방법 »

　　　수진 선생님도 마찬가지로 그림만 그리는 게 아니라, 계약부터 시작해서 여러 일을 혼자 처리하고 있잖아요. 거기서 오는 어려움은 없나요?

수진　저 같은 경우 직장생활을 할 때 세금계산서도 처리하고,

발주도 넣고, A to Z를 다 했거든요. 계약서를 관리한다든지 하는 부분은 이미 몸에 배어 있어서 익숙해요. '직장생활을 한 김수진'이 있기에, 지금의 '프리랜서 수수진'이 있다고 생각해요.

직장생활이 프리랜서 생활에 도움이 되는군요! 어떤 직장이었는지 이야기를 들어볼 수 있을까요?

수진 교육학을 전공했기 때문에 KT&G '상상마당'이라는 곳에서 교육 기획으로 일을 시작했어요. 거기서 아티스트분들도 많이 만났고요. 무엇보다 아카이빙하는 습관이 거기서 시작됐어요. 그다음 몸담았던 '애플'이라는 조직도 워낙 체계적이기 때문에, 아카이빙하고 포트폴리오를 만들어두는 습관이 자연스럽게 생겼죠. 사실 아티스트들이 가장 크게 놓치는 것 중 하나가 아카이빙이거든요.

지민 맞아요. 요즘 아티스트들한테도 아카이빙이 중요해요. 아카이빙이 잘되어 있는 아티스트들을 많이 찾거든요.

수진 아카이빙이라는 개념이 존재한다는 걸 알아야, 작업을 계속 이어갈 수 있어요. 작업물이 쌓이고 그게 보여져야 일이 들어오는 거예요. 내가 나를 증명할 수 있는 방법이 그것밖에 없어요.

지민 상업적인 작업을 할 때 아카이빙이 더 중요하게 작용해요. 종종 알아서 찾아오는 경우도 있기는 하지만요. 물론 작업을 꾸준히 하고 노출이 많이 되어서 '네임드'로 올라서면 아카이빙이라는 형식이 필요 없겠지만(그 사람이 만들어낸 결과물이 결국 아카이빙), 거기까지 가려면 일단은 행적을 기록해놓는 일이 중요하죠.

수진 아티스트로서 저도 그게 늘 딜레마예요. 유명해지기 위해서 이 일을 한 건 절대로 아니거든요. 그냥 나로 살기 위해서 했지, 이름 석 자 알려보려고 한 게 아니거든요. 그렇지만 네임드가 되면 어떤 그림이든 그려도 되는 거예요. 데이비드 호크니처럼…. 여기서 TMI라면, 저도 아이패드로 그리고 호크니도 아이패드로 그린답니다. (웃음)

« '그만' '멈춰' 대신 '아야!' »

일을 하다 보면 아무래도 일 문제보다 사람 문제가 자주 생기기 마련이잖아요. 특히 예술문화계 안에서는 위계질서와 관련된 일들이 많아서, 이를 방지하는 규약서가 있다고 들었어요.

지민 맞아요. 그런 문제들을 방지하기 위해서 '한국공연예술 자치규약(줄여서 'KTS')'이라는 것을 같이 읽고 작업해요. 지금 진행하는 연극 작업에서도, 먼저 규약서를 다 같이 읽고 연출가분들이랑 협의하는 시간을 가진 후 작업을 시작했어요.

어떤 것들을 협의하나요?

지민 예를 들어 호칭이요. '선배님' '연출가님'처럼 권위적인 어감으로 부르다 보면 평등하게 작업하기 어렵잖아요, 그래서 '지윤 님' '지민 님' 같은 방식으로, 닉네임이나 이름을 부르기로 약속하기도 하고요. 저는 이런 활동들을 '꼭 그렇게 해야 한다.'고 규정한다기보다 '한번 개선해보자.'로 해석했어요. 팀의 분위기에 따라 달라질 수 있어요.

또 각자의 가치관에 따라서 이 사람은 칭찬으로 한 말인데, 어떤 사람한테는 그렇게 받아들여지지 않을 수 있잖아요. 가끔은 본래 의도와 다르게 말실수를 할 수도 있고요. 그런 부분에 대해서 서로 기분 나쁘지 않을 수 있는 표현을 미리 약속하는데, 가령 '아야!' 같은 거예요. 아니면 손을 드는 제스처라든지, 표현 방법은 서로 합의하기 나름이에요. 중요한 포인트는 합의!

너무 좋다~! 불편한 상황을 방지할 수 있겠어요. 기분이 나쁜데 딱히 뭐라고 하기는 참 그런 상황이 많잖아요. 그럴 때 '아야!'라고 말하자고 한 약속과 규칙이 있으면, 불쾌함을 느낀 당사자는 어렵지 않게 본인의 마음을 표현할 수 있고, 상대방도 자신의 실수를 담백하게 알 수 있으니 서로 좋겠어요! 이건 비단 예술계뿐 아니라 모든 분야에 스몄으면 하는 문화네요!

자, 이제 정리를 해볼까요? 지금까지 긴 시간 함께 여러 이야기를 나눠봤는데 두 분 어떠셨나요?

지민 수수진 선생님을 알게 돼서 너무 좋았고, 배우고 싶은 점도 정말 많았어요. 그리고 또 오늘 제가 '진실의 미간'을 보여드렸잖아요. 음식이 아주 맛있었어요! 누군가를 초대하는 일이 어려운 저 같은 사람한테는 이렇게 대접받는다는 게 진짜 감동이었어요.

수진 그냥 정말 좋았습니다. 그리고 에리카팜에게 픽을 받았다는 것은, 올해 가장 뜻깊은 일로 기억될 듯해요!

저도 두 분이 와주셔서 너무너무 감사해요. 각기 분야는 다르지만, 예술을 한다는 점에서 서로 공감하는 부분도 들었고요. 또 각자 다른 시작으로 지금의 일을 하고 계셔서, 그 차이를 듣는 재미도 있었어요. 말 그대로 우리 모두 인생의 예술가이지 않나 싶어요!

스페셜 인터뷰

SPECIAL

kimmy.pro

'나'라는 브랜드를
만드는 일

'브런치' 브랜드 마케터 김키미

함바데리카를 만든 사람은 저지만 함바데리카라는 프로젝트가 많은 분들에게 가닿도록 해준 일등공신은 따로 있습니다. 제가 하나님, 부모님 다음으로 존경하는 김키미 작가님입니다. 키미 님이 인스타그램에 함바데리카를 소개해주지 않았더라면 이 프로젝트는 이렇게까지 풍성해지지 않았을 것이라 감히 장담합니다. 그래서 함바데리카의 스페셜 인터뷰이로 모시기에 이토록 적임자가 또 없죠.

모든 인터뷰는 마치고 나면 인터뷰이에 대한 생각과 인식이 완전히 달라지는데요, 키미 님을 만난 이후에는 유독 마음에 더 큰 파도가 쳤습니다. 인터뷰 이전에는 브랜드 마케터로만 알고 있었다면, 이후에는 이 시대에서 보기 힘들지만 꼭 필요한 이야기를 갖고 있는 분이라는 생각이 들었습니다. 저는 키미 선생님의 눈을 제대로 마주칠 수 없을 정도로 존경하게 됐어요. 과연 스페셜 인터뷰였습니다. 그 비범한 대화, 비범한 이야기를 함께해주세요.

누구시죠?

키미 『오늘부터 나는 브랜드가 되기로 했다』, 줄여서 '오나브'를 쓴 김키미입니다.

저는 '오나브'의 프롤로그에서 "나는 브랜드 마케터의 일을 '장인 정신과 상인 정신의 균형'이라고 정의한다."라는 말에 크게 감명받았어요. 또 그 글에서 카카오 '브런치' 서비스의 브랜드 마케터라고 밝히셨잖아요. 회사에서 실제로 브랜드 마케터라는 직함을 사용하나요?

키미 그 누구도 그렇게 부른 적이 없지만, 제가 그냥 그렇게 정의했어요. 정확히는 '브랜드 디자이너'라고 생각해요. 그런데 우리나라에서 디자이너는 흔히 '툴(tool)을 다루는 사람'으로 인식하기 때문에 혼란의 여지가 있겠더라고요. 사람들이 이해하기 쉬운 표현이 '브랜드 마케터'인 듯해서, 이 용어를 사용하고 있죠.

그럼 브런치 브랜드 마케터는 어떤 일을 하는지, 소개해 주실 수 있나요?

키미 브런치에서 플랫폼 기획, 디자인, 개발 빼고 다 합니다. 그러니까 프로덕트를 만드는 일을 제외하고, 사람들이 '아~ 브런치는 그런 곳이지~'라고 생각하는 이미지에 해당하는 부분을 만들고 있어요. '인식을 디자인하는 일'을 하기 때문에 스스로 '브랜드 디자이너'라고 여기는 거죠. 그런데 지금은 때에 따라 프로덕트 만드는 일을 리딩하는 역할까지 맡고 있어요.

브런치라는 플랫폼의 개국공신이시죠?

키미 아니요. (단호) 그런데 중요한 포인트를 짚어주셨어요. 저는 이미 다른 멤버들이 론칭한 이후에 들어갔거든요. 그래서 저는 '브런치를 만든 사람'이 아니라고 여겼는데, 그게 안 좋은 생각이더라고요. 브런치 합류 초기에 한번은 감사의 마음을 표현하려고 "저는 만든 사람은 아니지만~" 하면서 이야기를 꺼낸 적이 있어요. 그런데 당시 리더분이 "나는 키미가 그런 말을 안 했으면 좋겠다."라고 하시는 거예요. 지금 함께 만들어가고 있으니까요.

소름 돋았어요. 플랫폼·시스템 운영자들한테 다 해당되는 이야기라 뜨끔했어요. 저는 회사 다니던 시절에 시스템 운영자 포지션이었기 때문에, 기술적인 문제가 생기면 '내가 만든 것도 아닌데 왜 나한테 뭐라고 하는 거야?' 하는 일종의 피해의식이 있었거든요. 소위 욕받이 같은 포지션이었으니까요. 그런데 '이 결함을 잘 취합해서 이걸 만들어가는 데 일조하는 사람'이라는 주인의식이 있었더라면, 욕받이를 해도 피해의식이 덜했겠다는 생각이 드네요.

키미 에리카팖은 지금 퇴사했으니까, 승자죠. 뭐~

(웃음) 그 말을 키미 님한테 해준 상사분이 너무 멋져요.
그런 따뜻한 말을 해주는 선배가 잘 없잖아요.

키미 그렇죠. 그전까지는 대외적으로 '브런치 마케터'를 저의 수식어로 쓸 때 약간의 부끄러움이 있었어요. 모르는 사람이 보면 저 혼자 다 만드는 것처럼 생각할 수 있잖아요. 근데 이 브랜드를 일군 사람들은 정말 많으니까요, 직무도 다양하고. 더구나 처음에는 브런치팀 사람들 중 저처럼 나서는 캐릭터가 없었어요. 그래서 이 브랜드의 이야기가 밖으로 잘 안 퍼졌거든요.

저도 선생님 덕분에 브런치라는 브랜드를 알게 됐어요.
그럼 리더분이 그렇게 말씀해주신 이후에 브랜드를 알려야겠다는 마음이 생겼나요?

키미 서서히 제가 이 플랫폼에 기여하고 있다는 사실을 알았을 때부터였어요. 첫해는 적응하기 바빴고, 더욱이 마케터 업무는 처음이었기 때문에 적응하는 시간이 필요했어요. 2019년 6월 서울국제도서전에 브런치 부스를 만들었거든요. 브런치가 오프라인에서 무언가를 시도한 첫 행사였는데, 제가 프로젝트 매니저였어요. 그때부터 인스타그램에 엄청 올렸죠. 국제도서전에 오시면 저를 볼 수 있다고. (웃음)

저도 키미 님 하면 브런치가 우선적으로 떠오르거든요.

키미 저는 그 비율을 점점 줄여나가고 싶어요. 브런치를 덜 떠올렸으면 좋겠다는 이야기가 아니라, 키미라는 개인의 브랜드가 더 커 보였으면 좋겠어요. 그래서 요즘은 인스타그램에도 회사 일 이야기는 잘 안 하거든요. 공개할 만한 일이 많이 없기도 하거니와 대외비가 많으니까. 가끔씩 지인분들이 "아직 회사 다니죠?"라고 물어보기도 해요. (웃음)

《 누구와 어울리지, 어디에 속할지, 스스로 선택하는 삶 》

브랜드 마케터로서, 그리고 '오나브'의 저자로서는 많은 곳에서 이야기해주셨으니, 함바데리카에서는 조금 다른 식으로 키미 님의 이야기를 여쭤보려고 해요.

사전에 고졸 학력을 가지고 사회생활을 한 사람으로서 이야기를 다뤘으면 좋겠다고 말씀해주셨어요. 저로서는 정말 놀라운 제안이었습니다. 친구들이 대부분 대학생이 될 때 대학에 가지 않았던 건 자발적인 선택이었는지, 환경적인 이유였는지 조심스럽게 여쭤봅니다.

키미 어쩔 수 없는 선택이었어요. 고3 때 우리집은 정말 가난했거든요. 어릴 때 엄마 아빠가 이혼하셨고, 할머니 할아버지랑 같이 살았어요. 그런데 제가 중학생 때 할머니 할아버지가 돌아가서서, 그때부터 아빠랑 살았죠. 사춘기의 딸과 안 친한 아빠가 함께 지내려니 얼마나 힘들었겠어요.

생각만 해도 어렵네요.

키미 거의 대화 없이 살고 있었는데, 고3 때 아빠가 암에 걸리셨어요. 집안 형편도 너무 곤궁하고, 집에 있는 시간도 숨 막히고, 그렇다고 직접 간호를 하자니 아빠와 데면데면한 사이고…. 그런 시절이 있었어요.

일단 돈이 너무 없었어요. 당시 대학 원서가 2만 원이었는데 지원할 돈이 없었어요. 그래서 대학에 못 갔어요. 근데 그때는 슬픈 상황이라고 인식하지 않았어요. 돌이켜보면 방어기제였던 듯한데, '만학도도 멋있을 것 같아!' 하는 생각이었어요.

정말 쿨하다~!

키미 그렇게 받아들일 수밖에 없었어요. 올해는 대학에 못 갈 것 같고, 설사 가더라도 장학금을 받으려고 엄청 애쓰거나 아니면 알바를 아주 많이 뛰어야 할 텐데, 전 둘 다 못하겠다 싶었죠. 당장 한두 푼이 아쉬우니까 고등학교 때부터 알바를 시작하긴 했어요. 주유소 알바가 제일 쏠쏠하더라고요. 졸업하고 나서는 의정부 시청에서 공공근로 알바를 했어요.

공공근로 안에서 어떤 일이었어요?

키미 저는 시청 위생과에서 일했는데, 일반음식점이나 유흥주점, 단란주점에 허가를 내주는 부서였어요. 보통은 한곳에서 3개월 일하면 다른 곳으로 옮겨야 하고, 근무 기간도 최대 9개월로 정해져 있어요. 위생과에서 좋게 봐주셔서 거기서만 9개월가량 일했어요. 맡은 업무는 9급 공무원이 하는 일과 거의 유사했어요. 나중에는 주민센터에서 등초본을 발급하는 일도 했고요.

그럼 공무원 업무도 해보신 거네요?

키미 간접경험이죠. 공공근로를 할 때 주변 어른들이 공무원 시험을 보라고 권유해주시기도 했어요. "제가 하면 되게 잘하겠는데, 해봤더니 저한테 안 맞아요. 심심해요."라고 말씀드렸죠.

해본 자만이 할 수 있는 말이네요. '해보니까 할 수는 있지만 난 안 한다.' 스무 살 때 벌써 공무원 간접경험을 해보고, 자신에게 안 맞는다는 걸 알았다는 점이 인상적이에요. 요즘 공무원 시험을 정말 많이들 보기도 하지만, 공무원들의 퇴사율이 높아지기도 했잖아요. 안정적인 직업이라는 이유로, 또는 세상에 정말 많은 직업이 있는데 그걸 알지 못해서, 막연히 공무원을 준비하는 분들이 적지 않은 현실입니다.

키미 그렇죠.

이른 나이에 겪은 경험들이 이후 커리어에도 영향을 주었겠어요.

키미 맞아요. 주유소에서 일한 경험이 추후 시청에서 일한 경험과 비교되면서, 직업에 귀천은 없으나 어느 공간에서 어떤 사람들과 같이 일하는 게 인생에 도움 될지는 어린 나이에 정확히 알았어요. '오나브' 책에도 그런 식의 표현을 썼는데, '내가 누구와 어울리고 어느 사회에 속하고 싶은지를 스스로 선택할 수 있는 삶이어야 한다.'고 믿거든요. 이십대 초반에 주유소가 내 직장은 아니었으면 좋겠다는 생각이 들었어요. 두 사회를 단정적으로 비교할 수는 없지만, 당시에 저를 대하던 사람들의 태도에서 확실히 다름을 느꼈거든요.

« 터닝 포인트를 만들 시점이 된 것 같아! »

공공근로는 할 수 있는 기간이 정해져 있다고 하셨는데, 이후로는 어떤 일을 하셨어요?

키미 웹 디자이너 일을 했어요. 주로 쇼핑몰 상세 페이지 작업을 맡았는데, 중학교 때부터 포토샵은 좀 다룰 줄 알았거든요. 저 포함 두 명이 일하는 온라인 쇼핑몰이었는데 촬영도 하고, 코디도 하고, 배송도 하고, CS도 하고. 정산 빼고는 다 했어요. 그때 워낙 월급이 적다 보니, 다른 쇼핑몰의 상세 페이지를 디자인하고 건당 비용을 받는 알바도 병행했어요. 어느 날 알바를 했던 쇼핑몰 사장님이 "내가 150 줄게. 너 MD 한번 해볼래?"라고 연락을 주셨어요. MD가 뭐 하는 일인지 몰랐는데, 검색해보니 머천다이저(merchandiser)라고 하더라고요. 그 말이 있어 보이기도 하고, 돈도 더 많이 준다고 하니까 옮기게 됐죠.

사실 이전 회사에서도 MD가 하는 일을 하셨잖아요.

키미 그렇죠. MD는 '뭐든지(M) 다 한다(D)'니까요. 이미 뭐든지 다 하고 있었으니 MD였던 셈이죠. (웃음)

뭐든지 다 해서 MD구나! (유레카)

키미 옮긴 회사에서도 비슷한 일들을 했어요. 웹 디자인도 하고, 촬영도 하고, 코디도 하고요. 이전 회사랑 다른 점은 야외 촬영이 있었다는 거예요. 이태원 골목에서 찍기도 하고.

아~ '피식대학'의 <05학번이즈백>에 나오는, 딱 그 시절 감성이었겠네요? '열심히 할게요!'

키미 맞아요. 장소 헌팅도 직접 해야 했어서 친구들보다 빨리 서울 지리를 익혔고, 핫한 동네를 누구보다 먼저 방문했어요.

핫한 곳을 빨리 알아봐야 한다는 점이, 마케터들이 하는 일과도 닮아 있어요.

키미 그렇죠. 여름 시즌이 되면 비키니를 팔아야 하니까 모델 분들, 직원들 다 같이 동해에 가기도 했어요. 아직 어린 나이에 어른들이랑 같이 다니다 보니 곰칫국 같은 것도 먹고 그랬어요, 스물세 살에.

최근에 도다리쑥국 드셨던데. 그것도 누구나 쉽게 즐기

는 음식은 아니잖아요.

키미 그렇죠. 곰칫국에서 다져진 음식 취향인 거죠.

세대 차이가 불러온, 굉장히 좋은 예라고 볼 수도 있겠어요.

키미 그때 그 회사에서 만난 분들이 다 너무 좋았어요. 제가 고졸이라는 것, 학력에 대한 페널티가 전혀 없었어요. 사장님이 젊은 여자분이셨는데, 롤모델 삼을 만하다고 생각했어요. 그런데 회사가 어려워지는 바람에 사장님이 소개해준 곳으로 옮기게 되었죠. 다른 쇼핑몰에 가서도 재밌게 일하다가, 회사 사정이 나아지면서 사장님이 다시 불러주셔서 또 이직했어요. 그렇게 MD로 계속 일하다가 스물여섯이 됐어요. 그러던 어느 날, 갑자기 아무런 계기도 없이 그런 생각이 들었어요. '내 인생의 터닝 포인트가 오고 있는 것 같아.'

갑자기요? 어느 정도 업력이 쌓여서 '이제 좀 알겠어!', 이런 느낌이었나요?

키미 음, 이 정도 규모의 쇼핑몰에서 MD로 배울 거는 다 배운 것 같다고 생각했어요. 똑같은 일을 세 회사에 걸쳐서 한 거니까 많이 배웠죠. 정확하게 말하자면 '터닝 포인트가 오고 있어.'라기보다는 '내가 터닝 포인트를 만들어야 할 시점이 온 것 같아.'였어요. 근데 '그게 MD는 아니다. 여기선 다 한 것 같다.'였죠. 회사에서 월급을 조금씩 올려줬는데, 어느 시점부터는 더 올려 달라고 요구할 명분이 안 보이더라고요. 회사의 규모가 커지든, 내가 하는 일의 퀄리티가 높아지든, 또 후임이 들어오든 해야 할 텐데 그렇지 않았거든요. 여기서 뭔가를 더 배우거나, 더 잘할 수 있게 올라가야 하는데 그런 환경이 아니었어요. 계속 있으면 정체되겠다는 생각이 들었죠.

« 돈은 기다려주지 않아요 »

쇼핑몰을 그만두고 바로 터닝 포인트가 만들어졌나요?

키미 회사를 그만두고 나서 제주도에 갔어요. 이십대 이후로 계속 본가 밖에서 살았는데, 친구 집에 얹혀살거나 셰어하우스에 사는 식으로 옮겨다녔어요. 돈이 없는 채로. 회사 다닐 때는 월세를 낼 수 있었지만, 퇴사 후에는 힘들 것 같으니 어떻게든 살 집을 구해야겠다 싶었죠. 서울은 집값이 너무 비싸고, 터닝 포인트도 찾아야 하는데 그게 뭔지 모르겠으니, 일단 쉬면서 생각하기로 했어요. 그래서 제주도에서 살 집을 알아보기 시작했어요. 그런데 제주도도 서울만큼 비싸더라고요.

더 비쌀 수도 있고요.

키미 게다가 너무 습해서 도시생활에 익숙한 저한테는 안 맞더라고요. (웃음) 그러던 중에 여행하며 우연히 알게 된 분이 게스트하우스 스태프 자리를 알려주셔서 일하게 됐어요. 틈틈

이 여행도 하면서요. 77일을 그렇게 살아보니 '나는 여기서 살면 안 된다.'는 사실을 깨달았어요! '여기는 놀러 오는 곳이다. 차라리 자주 여행을 올 수 있을 정도로 잘 버는 사람이 되자.'

그때그때 똑바른 생각을 참 잘해서~ 주유소는 내가 일할 곳이 아니다, 그리고 제주도는 내가 살 곳이 아니다!

키미 여행은 오자!

그럼 게스트하우스 스태프라는 직업도 경험해본 거네요?

키미 보통 게스트하우스 스태프라고 하면 공간 청소도 도와주고, 게스트들하고도 잘 어울려야 하지만 저는 냉소적인 스태프였어요. 다행히 사장님이 저한테 요구했던 건, 인터넷 카페에 홍보 콘텐츠를 올려 달라는 거였어요. 이제 막 오픈한 게스트하우스였기 때문에 홍보가 필요한 상황이었거든요.

그 일도 마케터가 하는 일이네요!

키미 쇼핑몰 때부터 사진을 많이 찍은 스킬이 있었고 카메라도 좋은 걸 갖고 있었거든요, 당시에. "사장님, 저 예전에 그런 일 하던 거 알고 말씀하신 거예요?" 여쭀더니 "아니, 몰랐는데?" 하시더라고요. 그래서 "저 좀 비싼데 괜찮으세요?" 했더니 바로 "얼만데?"라는 답이 돌아왔죠. 그때가 2010년이었어요. 2010년에 게스트하우스 스태프 월급으로 150만 원은 엄청 많이 받은 거예요. 먹여주고 재워주면서 돈은 안 주는 게스트하우스가 진짜 많아서 뉴스에도 나오고 그랬던 때거든

요. 근데 나는 150을 받고 일을 한 거야~

최저시급이 4100원 정도였던 시기니까요. 시급 4500원 주면, '여기 사장님 진짜 괜찮다.'라고 했을 때잖아요.

키미 그러니까 꽤 많이 받았던 거죠. 그런데 여행을 다니면 돈을 많이 쓰잖아요. 이후 제주에서 올라와서 전국을 돌아다녔는데, 그러고 나니까 돈이 바닥나려고 하는 거예요. 나는 아직 터닝 포인트를 못 찾았는데!

돈은 터닝 포인트를 기다려주지 않아요.

키미 불안했어요. 회기동 셰어하우스에 살 때였는데, 월세가 계속 나가니 이제 터닝 포인트고 나발이고 빨리 월급을 받을 수 있는 회사에 들어가야 하는 상황이었어요. 닥치는 대로, 눈에 보이는, 내가 할 수 있겠다 싶은 회사에는 다 이력서를 넣었어요. 어디에 이력서를 냈는지 기억이 안 날 정도로. 밤 새우면서 이력서를 넣고 지내기를 며칠인데, 어느 날 모르는 번호로 전화가 왔어요. 그때 전 냉소적인 아이였으니까 그냥 "누구세요?"라고 받았어요, 무심하게. 오히려 그 회사 쪽에서 상냥하게 "예~ 여기는 어디 회사인데 지원서를 내서서 면접을 한번 볼 수 있을까 해서요." 하셨죠. (시큰둥하게) "무슨 회사라고요?" 이렇게 물어봤어요.

어디에 넣었는지도 모르셨고요?

키미 네네. "제가 어떤 포지션에 지원을 했는데요?" 이렇게 물어볼 정도였어요. 진짜 태도가 빵점이었죠.

입사 지원자로서는 가관이었네요.

키미 네, 정말 가관이었어요. 면접을 봤는데 들어보니 웹 디자인 쪽을 구하고 있더라고요. 당시 저는 웹 디자인을 그만하고 다른 일로 전환할 생각이라서, 면접에서 열심히 안 했어요. 그런데 면접이 끝나갈 즈음 캐치한 단어가 '웹 기획'이었어요. 순간 제가 실수했다는 생각이 들더라고요.

« 제로 웨이스트야, 고민 제로 웨이스트! »

키미 '웹 기획'이라는 단어가 제가 찾던 터닝 포인트에 맞아떨어진다는 느낌이 확 들었어요. 상냥하게 연락을 주셨던 분이 팀장님이었는데, 그분한테 장문의 문자를 보냈어요.

어떻게요?

키미 그 직무에 대해 잘 모르지만 너무 궁금하고, 너무 하고 싶고, 나의 가능성을 봐 달라고요. 저는 이런이런 경험이 있고 빨리 배워서 잘하고 싶다면서 어필을 했어요. 나중에 들었는데 그 문자를 굉장히 좋게 보셨대요.

선생님 인생의 전체적인 이야기를 들어보니까, 선택을 하느라 우물쭈물하는 순간이 전혀 없어요. 머뭇거리고 우유부단한 순간이 없네요.

키미 자기 확신이 높은 편이에요. 가끔 점을 보러 가면 점쟁이들이 돌려보내요. "말해봤자 안 믿을 거면서 뭐하러 물어보러 왔어?"라면서요.

저는 확신이 없는 편이라, 원했던 대로 되지 않으면 바로잡으려 하기보다는 '내 인생이 이렇게 돌아가는 것도 운명인 게 아닐까?'라고 생각하는 편이거든요. 저를 포함해서 함바데리카에 오시는 분들은 대부분 본인이 어떤 성향인지 잘 몰라서, 어떤 욕구는 있지만 이게 맞는 선택인지에 대한 확신이 없어서, 자기의 강점이 무엇인지 모르겠어서, 본인 스스로를 알기 위해 노력하고 있었거든요. 확신이 없기 때문에 그저 하루하루 성실하게 사는 분들도 있을 거예요. 반면에 선생님은 의문이나 의구심에 쓰는 시간이 없는 것 같아요. 제로 웨이스트야, 고민 제로 웨이스트.

키미 눈치랑 감 덕분인 것 같아요. 눈치는 어린 시절 가정환경 때문에 생긴 스킬이고요. 감은 DNA일 수도 있고요.

언제 활시위를 놓을 것인가, 활을 쏘는 결단력도 대단하다는 생각이 들어요.

키미 겪은 것들이 많은 덕분이죠. 그중에서도 쇼핑몰 MD 일을 해본 게 인생에 정말 큰 도움이 됐어요. 제가 다니던 회사가 편집숍들의 옷을 시스템에 업로드했던 관계로, 백오피스를 경험해볼 수 있었거든요. 관리자 페이지에 들어가서 등록하고. 일반인들은 온라인 쇼핑몰에서 구매하는 경험만 하지만, 저는 판매하는 경험도 해봤잖아요. 이게 웹 기획을 할 때 너무 큰 도움이 됐어요. 웹 기획이라는 걸 해본 적은 없으나, 유저(사용자)와 어드민(관리자)을 다 경험해봤기 때문에 머릿속에 그 시스템이 있었죠. 그래서 한 번만 코칭해주면 '이게 이렇게 해서 저렇게 나온 거였구나.' 하고 금방 배웠어요.

그럼 어떻게 웹 기획으로 입문하게 됐어요?

키미 그 회사가 이랜드 계열사인 웹 에이전시였는데 '우리는 경험 있는 사람 뽑는 게 우선이야.' 하며 학력에 제한을 두지 않았어요. 처음 했던 일은 PC버전의 화면 설계였요. 이랜드에서 하는 웬만한 온라인 쇼핑몰은 거의 다 했어요. 그중에서 가장 큰 곳이 뉴발란스였어요. 당시 아이폰이 처음 세상에 나오고, 스티브 잡스가 신었던 신발이 뉴발란스라 핫한 브랜드였죠. 이제 막 아이폰이 출시되었으니, 모바일 UX에 대해서는 조금 나중에 알았어요.

그간 하던 일들이 다 도움되었지만, 이 회사가 가장 큰 터닝 포인트였네요.

키미 매우 터닝 포인트였어요. 그리고 사수였던 대리님이 다정한데 깐깐하게 가르치는 분이었어요. 진짜 무서웠어요. 몇 번 울기도 했어요.

얼마나 무서운 분이길래 키미 님을 울려요?

키미 한 번 배운 걸 또 물어볼 때 무서웠어요. 그리고 일도 일이지만, 일하는 사람의 태도도 많이 가르쳐주셨어요. 제일 기억나는 일이 당시에 제가 팀장님 욕을 한 적이 있는데, 대리님이 그러시더라고요. "그 사람에게서 네가 무엇을 보느냐에 따라서, 배울 점을 찾을 수 있다. 그 사람이 진짜 그렇게 일을 못하는데 팀장이 됐겠냐. 그분이 잘하는 점이 뭔지를 보는 것도 능력이다."라고. 너무 창피하고 부끄러워서 쥐구멍에 숨고 싶었어요. 얼굴이 빨개졌고요. 그때 직장생활에 대한 태도가 많이 바뀌었어요.

선생님은 정말 적재적소에 귀인들을 많이 만나셨네요!

« 난 그 위험을 가지고 싶어! »

키미 당시에 생각을 선물하는 남자, '생선남'이라고 구글러로 유명한 분이 제가 다니던 회사에서 강연을 하셨어요. 근데 그분이 UX라는 단어를 말하는 거예요.

유저 익스피리언스(User Experience)!

키미 그때 심장이 벌렁벌렁했어요. 이제 PC에서 모바일로, 세상이 바뀌었다는 사실을 알게 된 거죠. 그래서 UX라는 것을 검색해보니, 내가 배우고 싶은 게 이거라는 생각이 들더라고요. 제가 다니던 회사도 웹 에이전시지만, 인하우스였기 때문에 새로운 기술을 받아들이는 데는 좀 더뎠어요. 근데 제가 하고 싶은 UX를 다루는 회사들은 주택을 개조한 사무실에 분위기도 자유분방한, 드라마에 나올 법한 회사인 거예요. 에이전시에 다닌 지 2년 7개월 정도 됐을 때였는데, "저 이제 UX 배우고 싶다."고, "퇴사하겠다."고 했어요. 선배들 눈에는 얼마나 위험해 보였겠어요. 근데 그때 전 몰랐고.

위험이고 뭐고 모르겠고!

키미 난 그 위험을 가지고 싶어!

아흐~

키미 다짜고짜 퇴사했지만 '웹 기획 2년 7개월 차'라는 경력을 받아주는 회사가 없더라고요. 그리고 저는 고졸에게 기회가 별로 주어지지 않는다는 사실을 몰랐어요. 그전까지도 서류 전형에서 광탈한 이유가 학력 때문인 것을 알지 못했죠. 그저 경력이 짧아서 그런가 보다 하면서 백수로 지냈거든요. 그러던 어느 날, 저한테 일의 태도를 알려줬던 대리님에게서 연락이 왔어요. 그분이 한 대기업의 기획부에 들어가 있었거든요. 알바를 하러 오라는 연락이었어요. 테스트하고 오류를 발견하는 일이었는데, 발견한 오류를 잘 정리해놓으니까 윗분이 일을 잘한다고 생각하셨나 봐요. 다른 동료들이랑 밥 먹을 때 한 번씩 이야기가 나왔어요. "그분이 칭찬에 박한 분인데 일

잘한다고 하더라, 칭찬하더라." 그렇지만 저는 아무리 큰 회사여도 지원할 생각은 없었어요. 왜냐하면 나는 주택을 개조한 UX 에이전시에 가야 하니까! (웃음)

알바를 마무리하기로 한 시점이 다가오고 있었는데, 그 윗분이 밥을 먹자고 하시더라고요. '올 것이 왔구나. 러브콜을 할 건가 보다.' 생각했죠. 실제로 식당으로 걸어가는 길에 바로 본론을 꺼내시더라고요. TO가 났으니 생각 있으면 지원을 해보라고 했어요. 속마음은 어떻든 좋은 태도를 보여야 된다는 걸 배웠으니까 "먼저 제안해주셔서 고맙습니다. 그런데 제가 고졸인데 지원할 수 있나요?" 물었더니, 그분 눈이 이렇게 커다래지는 거예요. 생각도 못한 눈치였어요. 그분 머릿속에 고졸은 아예 없었던 거죠. 진짜 신기한 노릇이죠. 지방대와 인서울 대학교의 차별은 두지 않지만, 고졸은 지원이 불가능하다고 하더라고요. 밥 먹기도 전에 그 얘기를 하게 돼서, 식사하는 동안 서로 얼마나 불편했겠어요. 전 잘못한 게 없는데 "죄송하게 됐다."고 말했어요. 그때 그 말을 했던 걸 평생 후회해요. 죄송하다는 말은 그 사람이 저한테 했어야 한다고.

그 일을 겪은 후 대학에서 뚜렷하게 배우고 싶은 건 없지만, 언젠가 학력 때문에 원하는 선택을 못하게 되는 날이 올 수도 있겠다 싶어서 나중에 사이버대학교에 들어갔어요. 그래서 지금은 대졸 자격은 가지고 있어요. 여하튼 그 사람은 저를 돌려보냈고, 그 이후로 저는 주택을 개조한 에이전시에 들어갔어요. 거기서 UX를 배웠죠. 개고생을 했어요. 진짜 야근, 철야를 반복하면서 밤낮없이 일하느라 건강도 망가졌고. 이탈자가 많은 회사였어요. 이직이라고도 못하겠어요. 이탈이 맞아요. 들어오자마자 나가는 사람이 정말 많았고, 너무 헬(hell)이었죠. 제가 3년 반을 다녔거든요. 최장기 근속자였어요. 내 기록을 깬 사람이 없을 거야, 아마.

어떻게 밤낮없는 회사를 버틸 수 있었어요?

키미 또다시 대책 없이 퇴사해서, 비슷한 회사를 고르고 싶지 않았어요. 그래서 다니고 있는 동안에 이력서를 많이 냈어요. 여기저기, 오랫동안. 딱 두 군데 면접의 기회가 주어졌는데 그중 하나가 지금 다니고 있는 카카오예요.

카카오 합격 발표가 났을 때 기분이 어떠셨어요?

키미 출근하는 중이었는데 지하철 플랫폼에서 나가고 있었어요. 핸드폰에 알림이 오면 푸시 메시지가 떴다가 사라지잖아요. "카카오 최종 합격을 축하합니다." 그걸 보는 순간 그 자리에 멈춰서서, 많은 사람이 있는 곳에서 엉엉 울었어요. 눈물이 '발사'된다는 게 뭔지 경험했어요.

눈물이 중력을 이기고 앞으로 나아가던가요?

키미 정말 눈물을 앞으로 발사했어요. 엄청 울었어요. 계속 작은 회사만 다니다 큰 회사에 붙어서 기쁘기도 했지만, 그간 쌓인 설움 같은 것들이 터져 나오더라고요. 다니던 회사에 소식을 전했을 때도 다들 기뻐해주셨어요. 오랫동안 제 롤모델이었던 여성 리더분도 울면서 '자식 키워서 대학 보내는 기분'이라고 하셨죠.

« '마음의 상처'와의 작별 »

누구라도 진심으로 축하했을 거예요. 지금 듣기만 해도 눈물이 날 것 같아요. 그런데 저 같은 경우, 회사에 들어가서 괜스레 주눅 들었던 적이 있어요. 큰 회사에 들어가고 나서 힘든 적은 없었나요?

키미 '저런 무리도 있다니!' 하는 것을 지금 회사에서 처음 겪어봤어요. 좋은 대학교 나와서 대기업부터 시작한 분들이 많더라고요. 옆에 보면 카이스트 출신인 분들이 일하고 있었어요. 그곳에 있다는 건 나도 그만큼의 능력을 인정받은 것임에도 불구하고 마음이 작아지더라고요. 여태까지는 내가 1등인 줄 알고 살았는데, 여기서는 턱걸이로 들어온 꼴찌라는 기분이 드는 거죠. 점심시간에는 다들 부동산 얘기, 주식 얘기를 하는데 듣다 보면 기본적인 소득이나 저축 금액이 대충 그려지잖아요. 저는 마이너스였는데, 이분들은 부동산 중에서도 어디가 좋은지를 얘기하고 있으니 격차가 크게 느껴졌어요.

그걸 견디는 시간이 좀 필요했어요.

저도 처음에 회사에 들어갔을 때 그런 작은 부분들이 안 통했어요. 그래서 회사가 안 맞는다고 생각하기도 했고.

키미 그렇게 생각하는 사람이 사실 많을 텐데, 대화하는 와중에 가면을 쓰고 있는 사람도 있을 거예요.

맞아요. 그때는 저도 '어떻게 사람들이 이렇게 못생긴 이야기만 하지?' 하는 기분이었어요.

키미 저는 그래서 점심을 안 먹었어요. 그런 얘기를 듣는 게 너무 싫어서. 그때 처음으로 심리상담을 받아봤어요.

그럼 이전까지는 마음의 상처를 받았던 적이 없었나요?

키미 어릴 때는 오히려 나 잘난 맛에 사는 애였어요. 할머니가 굉장히 잘 키워주셨어요. "너 여자라고 못할 거 없어. 하고 싶은 것 다 해라." 말씀해주셨고, 학구열도 되게 높았어요. 없는 형편에 어떻게든 동네에서 제일 좋은 학원을 보내려고 하셨고요. 오죽하면 우리 할머니가 선택한 학원은 동네 엄마들이 다 따라서 보내고 그랬으니까요. 할머니가 자주 해주셨던 얘기가 "머리 믿고 공부 안 하면 큰일 난다. 노력하는 사람 못당한다. 네가 지금은 가진 재능으로 어떻게 1~2등 할 수 있어도, 나중에 누가 노력해서 치고 올라오면 못 당할 것이다."였어요.

할머니가 정말 단단하게 줄기를 잡아주셨네요.

키미 그렇게 잘 자랐음에도 불구하고 초등학교 때 이런 일이 있었어요. 친구 집에 놀러갔는데 친구 엄마가 "너 쟤랑 놀지 마."라고 하는 걸 들어버렸어요.

드라마에서나 나올 법한 장면 같아요….

키미 상처받을 일이잖아요. 그런 일이 세 번 정도 있었어요. 친구들한테 티는 안 냈지만 제 안에 상처가 하나씩 쌓였죠. "엄마 없는 애랑 놀지 말라."고 하는 엄마들이 있는 반면, "저 집 할머니가 공부 잘 가르치니까 쟤랑만 놀아." 하는 엄마들도 있었기 때문에 견딜 수 있었어요. 그러다 일반음식점에 서류를 떼주는 공공근로를 할 때 "엄마 없는 애랑 놀지 말라."고 했던 그 어머니가 개업 신고를 하러 오셨어요. 그래서 인사를 했죠. "누구 어머니시죠? 저 ○○ 친구예요." 저를 알아보셨는데, 공무원 대하듯이 굉장히 깍듯하게 대하시더라고요.

이것도 너무 드라마 같아요. ㅠㅠ

키미 거기서 못되게 행동하지 않고, 그분이 어려워하는 부분을 잘 도와드렸어요. 그러니까 마음이 편안하더라고요. 뭔가 치유된 느낌.

어머! 성공했다!

키미 어렸을 때 겪었던 힘든 기억들이, 그날을 계기로 저한테 큰 영향을 끼치지 않았어요.

정말 건강하게 잘 자라셨다. ㅠㅠ

할머님이 잘 키워주셨던 이야기를 들으니까, 똑똑하고 명석한 어린이였겠다는 생각이 들어요. 어린 시절에는 어떤 장래희망을 갖고 있었는지 궁금해요.

키미 일곱 살 때는 화가가 되고 싶었어요. 그림을 잘 그린다고 칭찬받은 적이 있었거든요. 그런데 할머니가 화가는 돈 못 번다고 하시길래, 초등학교에 들어가서는 판사로 바꿨어요. 왜냐하면 그때 포청천 인기가 대단했거든요.

판관 포청천!

키미 그때 썼던 롤링 페이퍼가 지금도 집에 있는데 "너는 서울대 법학과에 찰싹 붙을 거야."라는 글이 적혀 있어요. (웃음) 초등학교 4학년짜리가 롤링 페이퍼에 왜 그런 걸 쓰냐고~ 이후 고등학교 때 장래희망은 광고 감독이었어요.

오! 저는 카피라이터는 꿈꿨는데, 감독은 생각해본 적 없어요. 어째서 감독이었어요?

키미 감독이 대장 같았어요. 장래희망 쓰는 난에 광고 감독이라고 적어 냈더니 담임선생님이 '많은 노력을 요함'이라고 써주시더라고요. (웃음) 그때 공부를 잘 못했거든요. 그래서 바꾼 장래희망은 '사장님'이었어요. 무슨 사업을 할지는 모르겠지만 사장님. 어쨌든 총괄하는 사람이고 싶었나 봐요. 지금 인스타그램 아이디가 'kimmy.pro'잖아요. 예전에 친구들이랑 정했던 건데, "나는 뭐가 될지 모르겠지만 프로가 될 거야." 해서 만든 아이디예요.

들어보니 그 장래희망들을 조금씩 다 이루신 듯해요. 웹디자인은 어떻게 보면 화가랑 맞닿아 있고, MD는 원하든 원하지 않든 총괄한다는 점에서 대장이라 할 수 있고요. 결단력이 대단한 것도 판관 포청천을 꿈꿨던 영향이 없지 않을 것 같고요.

키미 사장님은 조만간 이룰 듯해요.

사업하고 싶은 아이템이 있나요?

키미 태어난 이상 한번 해봐야 되지 않겠어요? 회사 다니면서 브랜딩을 하고 있고, 또 요즘 저한테 본인의 브랜딩을 물어보든 회사 일에 대해서 조언을 구하든 컨설팅을 해드리는 경우가 가끔 있는데 '내가 만드는 거는 왜 아직 안 했지?' 하는 생각이 들더라고요.

오, 맞네! 왜 여태 안 하셨어요?

키미 돈이 없어서? (웃음)

어! 그럼 이제 돈이 생기셨나 보다!

키미 그런 건 아니지만, 최근 1년 사이에 깨달은 것이 있는데 그걸 표현해준 콘텐츠가 있어요. 애플TV의 <친애하는>이라는 인터뷰 프로그램이에요. 오프라 윈프리 같은 셀럽들이 나

오는데, 그 셀럽 덕분에 삶이 바뀐 팬들 한두 명이 출연해서
해당 셀럽을 어떻게 알게 되었는지, 어떻게 도움을 받았는지
쓴 편지를 읽어요. 편지를 통해서 이 셀럽의 스토리가 자연스
레 흘러가는 거예요.

소름 돋게 멋진 프로젝트네요!

키미 예를 들어 한 셀럽이 과거에는 작은 프로그램들에 출연
했는데 점점 더 많은 프로그램에 출연하게 되는 과정이 펼쳐
지면서, 팬의 히스토리가 스타의 히스토리를 따라가는 거죠.
산드라 오 편을 봤어요. 한국계 캐나다인으로 연기를 하면서,
처음엔 배역이 없다가 점점 배우로서 입지가 넓어지고 인지
도도 올라갔지만, <킬링 이브> 대본을 받았을 때 본인이 무
슨 역할이냐고 물어봤대요. 주인공일 거라고는 전혀 생각을
못하고요. 그간 겪은 유리벽이 얼마나 단단했으면 본인조차
도 자기 역할을 제한했을까, 그런 이야기를 하거든요. 저는
그게 엄청 공감됐어요. '나는 멋진 사람이 되고 싶어.'라고 생
각하면서도, 내가 할 수 있는 선을 그어놓고 살았던 건 아닌
가 고민했죠. 그 이야기를 보고 '와이 낫? 내가 하면 왜 안 돼?
쟤도 하는데 나도 하지!' 이런 생각을 하게 됐어요

선생님도 유리벽을 갖고 있었나요?

키미 네. 제가 하는 일이 '다른 사람들이 나를 어떻게 생각할
지 머릿속에 그리는 일'이잖아요. 브랜딩이 그런 일이고요.

그런데 그게 잘못된 방향으로 가면 검열이 되고 또 편견이 되고, '저 사람은 나를 이렇게 볼 거야.'라고 먼저 그림을 그리는 경향이 생기기 쉬워요. 상담하기 전까지는 스스로 편견이 없는 사람이라고 생각했는데, 상담실에서 "다른 사람들이 나를 이런 편견으로 볼 것 같다."는 얘기를 선생님한테 하고 있더라고요. 왜 그런 생각을 했는지 파고들다 보니 스스로에게 편견이 있었던 거죠. '나는 이렇게 자랐고, 이 정도의 공부를 했고, 조손 가정에서 자랐고, 고졸이고, 유복한 집안도 아니었기 때문에 내가 가진 자산으로는 한계가 있을 거야.' 스스로에 대한 편견이 다른 사람도 나를 이렇게 볼 거라는 편견을 만든 거고요. 근데 알고 보면 그 사람은 나에 대해 별생각이 없거든요. 저 혼자만 너무 과잉된 거죠.

어떻게 보면 메타인지가 뛰어난 결과라는 생각도 들어요. '내가 이렇게 행동하면 다른 사람들이 이렇게 생각할 수 있다.'는 게 그려진다는 거니까. 좌우지간 선생님이 다 뛰어나서 그렇다~

키미 좋은 해석, 감사합니다.

« <애나 만들기>와 '김키미 임팩트 재단' »

사업을 한다면 어떤 사업을 하고 싶은지 궁금해요.

키미 사람한테 투자하는 투자자가 되고 싶어요. 에리카닭의 함바데리카에 투자했던 것처럼. 지금은 제가 일개 개인이고 돈이 많지도 않아서 성의 표시, 응원하는 정도로만 투자하지만, 나중에는 좀 더 체계화하고 싶어요.

엔젤 투자처럼요?

키미 맞아요. 지금은 여섯 번째 사람까지 투자했어요. 세 번째 브랜드부터 '김키미 임팩트 재단'이라고 이름을 붙였어요.

넷플릭스 시리즈 〈애나 만들기〉에서도 애나가 재단을 만들려고 하잖아요.

키미 이게 알맹이가 없으면 큰일 나는 거예요. 그렇게 사기꾼이 될 수 있어요. (웃음)

저는 〈애나 만들기〉를 보면서 스스로를 검열하게 되었어요. '내가 혹시 애나 같진 않은가?'

키미 근데 애나를 보면서… 아까 말했던 저의 편견 같은 것 있잖아요. 스스로를 제한하는 것. 애나는 자기 자신을 제한하지 않아요. 초반에는 이렇게 주변을 둘러보면서 '저 사람은 저렇게 사는데 나는 왜 저렇게 못 살지?'를 판단한 다음에, 그를 따라 하면서 이미지 트레이닝을 하잖아요. 하나둘 따라 하다가 '이게 되네?' 하는 경험이 쌓이니 점점 과감해지고요. 애나한테도 배울 점이 확실히 많아요.

애나가 보통내기는 아니에요, 확실히. '오나브'에서 시

223

작해 '애나'까지 많은 이야기를 나누었는데, 마지막으로 오늘 어떤 시간이었는지 궁금합니다.

키미 제 얘기를 이렇게 많이 떠들고, 또 그 얘기를 오랫동안 들어주는 분이 있어서 신났어요. 그동안은 '퍼스널 브랜딩'에 관련한 주제와 질문이 정해지고, 저도 그에 맞춰서 짧은 시간 안에 저를 어필하기에 적당한 답변을 준비해가는 방식의 인터뷰를 많이 했어요.

오늘은 저의 A to Z를 몽땅 얘기했잖아요. 대부분은 이렇게까지 물어보기를 어려워하시죠. 어떤 분들은 질문 자체를 힘들어하기도 하고, 이걸 콘텐츠로 담아내도 되는지를 배려해주고 조심스러워하는 분도 있고요. 그런데 제가 살아온 방식의 이야기도 필요하다고 생각해요. 이 사회의 다양성에 기여한다는 마음으로 이런 얘기를 많이 떠들어야 한다고 생각해요. 주류가 아닌 라이프스타일을 가져온 분들일수록 이런 직업도 있다, 이런 삶도 있다, 이야기해야 한다고 생각해요.

그리고 '어릴 때 상처가 있었던 사람도 잘 자랄 수 있다. 그러므로 편견 가지지 말자, 세상 사람들아!' 또 '당사자인 분들아~ 이런 케이스도 있단다.'라고 전해주고 싶어요. 기회가 없어서 말 못 하는 분들도 많고, 아직 힘들어서 꺼내지 못한 분들도 많을 거예요. 아니면 과정 중에 있어서 그럴 수도 있고요. 그래서 저는 이렇게 말할 기회가 있다는 것 자체가 굉장히 소중해요. 에

리카팖이었기 때문에 가능했던 것 같기도 하고요~

소감마저 유능해요. 일목요연하고, 알차고! 함바데리카
의 의의를 똑 부러지게 얘기해주셔서 벅찹니다. 선생님
의 이야기를 들으니까 회사 다닐 적에 우유부단하고 우
물쭈물해서 판단과 확신을 제때, 적재적소에 하지 못했
던 과거를 돌아보기도 했어요.

키미 저는 누군가의 이야기를 듣고 사람들이 반성하는 것은 안
했으면 좋겠어요. 저도 인스타그램 피드 보면서 '사람들은 다
밖에 나가서 인사이트를 수집하네. 나는 브랜드 마케터인 사람
이 이렇게 누워서 TV나 봐도 되나?' 이런 생각을 하거든요. 남
과 나를 비교하면 내 속도가 틀린 것처럼 여기게 되잖아요. 난
나만의 속도로 가고 있는데. 오늘 인터뷰를 통해 이런 이야기
를 들었고 배울 만한 점 몇 가지를 얻었다면, 그것만으로도 칭
찬받을 일이에요.

{ Special. 2 }

내 일로 건너가는 모험

크리에이티브 디렉터 김민철

제 오랜 장래희망은 '카피라이터'였습니다. (그리고 아직도 스스로는 카피라이터라고 생각하고 살고 있고요.) 카피라이터가 되지 못한 사회 초년생 시절, 서점에서 우연히 만난 책 한 권으로 내적 사수가 생겼습니다. 그 책은 바로 김민철 작가님의 에세이 『모든 요일의 기록』이었어요. 편안한 문체에 방심하고 후루룩 읽다가 머리를 알싸하게 만들 정도로 공감 가는 문장들에 반해버렸고, 김민철 작가님은 그날로 저의 우상이 되었죠.

함바데리카에 스페셜 인터뷰이를 모실 수 있다면 가장 모시고 싶은 분으로 김민철 작가님이 먼저 떠올랐던 건 어쩌면 너무 당연했어요. 제 인생에서 가장 오래도록 선망했던 직업, 말 그대로 드림 잡(dream job)이었던 카피라이터로 오랜 시간 살아오신 산증인이시니까요. 지금은 몸 담고 있던 조직을 나와 카피라이터, 크리에이티브 디렉터가 아닌 또 다른 삶을 펼쳐가고 계시는데요. 저에게는 조용필이자 HOT, 보아이자 아이유이자 김연아인 김민철 작가님을 저희 집에 모시고 밥을 차려드린다는 생각만으로도 얼마나 심장이 두근거렸을지 상상이 되시나요? 그 말도 안 되는 일이 일어나고야 말았습니다.

누구시죠?

민철 이전에는 카피라이터로 오래 일했고, 현재는 광고회사에서 크리에이티브 디렉터로 일하고 있습니다. 그리고 주말에는 개인적으로 제 글도 쓰는 김민철입니다.

크리에이티브 디렉터, 줄여서 CD님인 거죠?

민철 맞아요. 광고 제작팀의 팀장을 크리에이티브 디렉터, 줄여서 CD라고 불러요.

저는 『모든 요일의 기록』이라는 책으로 작가님을 처음 알게 됐어요. 당시에 저는 '카피라이터'라는 꿈을 묻어둔 채 직장생활을 하고 있었는데, 서점에서 '카피라이터의 시선으로 사로잡은 일상의 순간들'이라는 문구에 꽂혀 그 자리에서 바로 절반 정도 읽고 작가님 팬이 되었어요. 카피라이터가 쓴 책이라는 점도 큰 매력 포인트였지만, 글이 너무 편안하고도 매끄럽게 술술 읽히다가 방심한 틈에 정곡을 찌르더라고요. 와닿는 문장들이 많아서 감탄을 연발했어요. 그래서 작가님이 언제부터 그렇게 글을 잘 쓰셨는지, 언제부터 글쓰기를 좋아하셨는지 궁금해요.

민철 어릴 때도 책을 좋아했지만, 특히 대학교에 가서 좀 더 열심히 읽기 시작했어요. 많이 읽다 보면 쓰고 싶은 욕구가 자연스레 생기잖아요. 우리한테는 싸이월드가 있었으니까 거기에 이것저것 열심히 끄적이다가, 졸업할 때쯤에는 개인 홈페이지를 만들어서 계속 글을 썼어요. 뭐가 될지도 모르고 그냥 일기 같은 것들을 적었죠.

우와, 개인 홈페이지는 어떤 걸로 만드셨어요?

민철 기억은 잘 안 나지만 '나모 웹에디터'라는 프로그램으로 만들었어요. (웃음)

본격적으로 뭔가를 쓰기 시작하신 거는 대학교 때부터 인 거네요?

민철 그렇죠. 일기 같은 걸 계속 쓰는 사람이었어요.

« '딱' 몰입하고, '싹' 잊어버리고 »

대학생 민철 작가님은 어떤 분이었는지 궁금해요.

민철 저는 매우 모범생이었어요. 전공이 철학과였는데, 당연히 대학원을 간다고 생각했어요. 실은 집안 형편이 좋지 않아서 공부를 계속할 수 있는 상황이 아니었는데…. 울면서 엄마에게 편지를 썼어요. "난 너무 공부가 하고 싶다."고.

어머, 세상에 이런 자식이 어디 있어요. '엄마, 나는 너무 공부가 하고 싶어요.'라니!

민철 대학원을 가고 박사를 한다는 것은 집안의 도움 없이는 불가능한 일이거든요. "경제적으로 성공한 사람이 못 되더라도 이해해줘야 해. 나중에 벌어서 최대한 어떻게든 해볼게." 라고 설득했죠.

철학과를 선택하신 이유가 궁금해요.

민철 공부를 할 거면 기본부터 시작해야 한다는 생각이었어요.

정말 모범생다운 전공 선택이다!

민철 철학과에 갔더니 또 너무 재미있더라고요. 그래서 처음엔 제가 이 학문이랑, 공부랑 잘 맞는다고 생각했죠. 그런데 제가 기억력이 좋은 사람이 아니에요. 교수님 강의를 잘 받아쓰고 외우고 하는 일은 열심히 하는데, 시험을 치른 후에는 전부 잊어버리더라고요. 평생 공부를 할 거면 자기만의 생각과 문제의식이 있어야 하는데, 저는 그렇지 않았어요. 그냥 할 수 있는 게 공부였고, 열심히 하는 것은 자신 있었기 때문에 공부가 제 일인 줄 알았던 거죠. 방향을 틀어서 광고회사에 들어왔는데, 다행히 여기가 저랑 정말 맞더라고요. 프로젝트 들어가면 딱 몰입해서 열심히 하고, 끝나면 싹 잊어버리고.

《 광고회사 입사 비결? 짝사랑! 》

방향을 틀게 된 계기가 궁금해요.

민철 4학년 2학기가 시작되는 여름방학에 '잠깐만. 대학원을 가면 내가 회사라는 곳을 한 번도 못 다녀보겠네?'라는 생각이 들었어요. 3년만 일해보고 돌아와서 다시 공부해야겠다고 마음을 먹었죠. 그러면 내가 무슨 일을 하고 싶은가 고민해봤어요. 저는 글 쓰는 걸 좋아하고 책도 많이 읽고 언어 공부에 흥미가 많았어요. 이 얄은 지식들과 재능을 합칠 수 있는 일은 아마 카피라이터가 아닐까, 싶었죠. 그래서 광고회사를 가야겠다고 결심했는데, 그 문이 너무 좁더라고요. 저희 때도 카피라이터는 많이 안 뽑았거든요. 이미 취직을 하겠다고 선포한 상황이었기 때문에, 어디라도 붙어야겠다는 절박함으로 이곳저곳 지원하기 시작했어요. 제과회사 영업사원까지.

제과회사 영업사원까지요? 문과가 할 수 있는 일은 거의 모두 지원하신 거네요.

민철 50군데를 지원했는데 어디에서도 면접을 보러 오라고 하지 않았어요. 학점도 좋고 토익 점수도 높았는데, 철학 전공이라서 그런지 아니면 자기소개서를 못 써서 그런지 아무 곳에서도 연락이 안 왔어요. 그러다 제과회사 면접을 보게 됐는데, 그때 받은 질문이 "집 앞 슈퍼에 갔는데 우리 회사 아이스크림이 제일 밑에 깔려 있으면 어떻게 할 것이냐?"였어요. 지금 와서 생각해보면 아마 이런 게 답이었을 거예요. '우리 회사 아이스크림을 위에 올려놓는다. 잘 팔리는 시스템을 만들어놓고, 슈퍼 사장님과 관계를 좋게 한다.' 그런데 당시에는 질문을 받는 순간, 답은 안 떠오르고 '아! 나는 이 일에 아무 관심이 없구나.' 하는 생각만 들었어요. '이건 내가 할 수 있는 일이 아니다. 아무리 급박해도 이건 아닌 것 같다.' 그래서 광고회사 비슷한 데라도 들어가야겠다는 마음으로, 영상을 만드는 작은 규모의 회사에 입사했어요. 전체 인원이 열 명이 안 되는 곳이었어요.

영상을 만드는 회사라면, 스튜디오 같은 곳인가요?

민철 영상 제작업체라고 보시면 될 듯해요. 가령 광고주가 5분짜리 '30주년 기념 영상'을 만들고 싶을 때 제작을 의뢰하는 회사였어요.

아하~ 카메라 가져와서 영상을 찍고 편집까지 해주는 곳이군요.

민철 그렇죠. 저는 거기서 광고주 이야기를 들은 후 작가님, 감독님과 무슨 일을 해야 할지 조율하는 PD 일을 맡았어요. 그런데 퇴근을 48시간에 한 번씩 하게 되더라고요. 아무렇지도 않게 모두 밤을 새워서 일하는 곳이었거든요. 1년을 다니다가 '여기서 죽겠다.'라는 생각이 들어서, 오랜만에 학교 구직 사이트에 들어가봤어요. TBWA에서 카피라이터를 뽑는다는 공지가 올라와 있더라고요. 될 거라고 생각은 안 했지만, 무작정 지원했어요. 나중에 박웅현 팀장님한테 들었는데 그 당시에 '아무것도 모르는 애를 데려다 키우고 싶다. 백지 같은 애를 키우고 싶다.'라는 마음이셨다고 해요. 그래서 백지인 제가 뽑힌 거죠. 물론 필기시험 문제들을 제일 잘 푼 백지였달까요. 아이러니하죠.

혹시 입사시험 문제 중에 기억나는 문제가 있으세요?

민철 디자이너, 브랜드, 작곡가, 작가 등등 다양한 단어들이 주어지면, 그 단어들의 느낌과 뜻을 쓰는 문제가 있었어요. 그리고 이건 제가 책에서도 이야기했는데, 사랑하는 사람에게 '사랑'이라는 말을 빼고 편지를 써야 하는 과제가 있었어요. 저는 평생을 짝사랑에 헌신해온 사람이거든요. 좋아하는 친구한테 그저 친구인 척 편지를 쓴 경험이 정말 많기 때문에, 잘할 수 있었죠. 정말 '일필휘지는 이런 것이다.' 하면서 써 내려갔어요. (웃음)

짝사랑하는 사람한테는 어떻게 편지를 써야 해요?

민철 저는 왜 그랬는지 모르겠지만, 짝사랑하는 사람한테 이 마음을 들키면 죽는다고 생각했어요. 주변 사람들은 제가 그 친구를 좋아한다는 사실을 다들 알지만, 정작 당사자는 그 마음을 끝끝내 모르도록 편지를 썼죠.

어떻게 보면 짝사랑의 역사가 카피라이터가 되게 해준 셈이네요. 함바데리카를 정말 많이 진행했지만, '짝사랑'이라는 단어는 처음 들어요!

민철 저는 정말 짝사랑 전문가입니다. 덕분에 본격 쓰는 사람도 될 수 있었고요.

이때까지의 이야기를 들어보면 결단력도 큰 역할을 했다는 생각이 들어요. 근본적인 질문을 해보고 싶어서 철학과에 진학하고, 회사에 입사했다가 여기서는 죽겠다는 생각이 들어서 구직 공고를 찾아보기도 하셨고요. 지금 이게 맞는 건지 모르겠는데도, 그대로 흘러가게 두는 경우들이 많잖아요.

민철 시간이 지나고 나니까 이런 것도 능력인가 생각하게 됐는데, 어릴 때부터 저는 제가 어떤 사람인지 잘 알았어요. 스스로를 보는 눈이 굉장히 엄격하고 냉정했어요.

스스로에게 관대하지 않으시네요. 혹시 INTJ이신가요?

민철 맞아요. 해볼 때마다 바뀌기는 하는데 대체로 INTJ로 나와요. 어릴 때 이런 일이 있었어요. 제가 그림을 잘 그렸거든요. 선생님들도 미대를 가라고 하셨죠. 공부를 어느 정도 하는 아이가 그림을 잘 그리니까 서울대에 보낼 수 있다고 여기셨던 모양이에요. 그런데 저는 약간 틀에서 벗어나는 정도의 그림은 그릴 수 있지만, 기본적으로 창의적인 사람은 아니기 때문에 미대를 갈 수 없다고 생각했어요. 또 그 시절에 대구에서 공부 좀 하는 여학생이라면, 선생님이 되라는 이야기를 많이 들었어요. 그렇지만 저는 호불호가 너무 심한 사람이기 때문에, 100퍼센트 학생을 차별할 것 같은 거예요. (웃음) 나 같은 사람이 선생님을 하면 아이들에게 좋지 않다고 생각했어요.

저는 그게 '인간 세상의 슈퍼파워'라고 생각해요. 자신을 잘 알기만 해도, 고민하는 시간이 거의 반으로 줄어들 수 있잖아요. 자기가 좋아하는 게 뭔지도 모르고, 스스로 어떤 특질을 가진 사람인지 몰라서 판단을 잘못하는 경우도 많으니까요.

민철 스스로를 더 채찍질하는 능력이기도 한 거죠.

《 광고요? 시사를 하고, 수정을 하고, 시사를 하고, 수정을 하고… 》

광고는 어떻게 만들어지나요?

민철 대부분의 광고는 이렇게 시작돼요. 광고주가 광고를 하겠다고 마음먹으면, 광고회사 여러 곳을 접촉해요. 이를테면 "우리 올해 광고를 할 거야. 돈을 50억 쓸 거야." 하면서.

오우, 예산부터 이야기하는군요!

민철 예산을 꼭 공개해야 해요. 그리고 해결하고 싶은 문제를 이야기해요. 가령 "이번에는 이 신제품을 팔아야겠어." 혹은 "기업 PR광고를 해서 친근감을 높이고 싶어." 같은 숙제를 줘요. 이후 언제까지 이 숙제를 해결해야 할지 데드라인이 정해지면 모두가 그날에 맞춰서 달리기 시작해요. 그리고 경쟁

PT를 해요. "우리는 당신의 50억 원을 가지고 이렇게 할 거예요. 이런 메시지를 전달할 거고, 이런 그림을 만들 거고요. 매체비는 이렇게 이렇게 쪼개서 쓰겠습니다. TV에는 어떻게 나갈 거고요, 유튜브에는 어떻게 나갈 거고요. 이만큼의 비용은 인스타그램으로 쓰겠습니다." 각자의 계획을 발표하는 거죠. 광고회사의 기획팀은 모든 걸 총괄한다고 보시면 돼요. 이 팀이 제가 속해 있는 제작팀도 만나고 매체팀도 만나서 조율하는 역할을 해요. 이런 콘셉트로 만들어보면 어떻겠니 제안하면, 제작팀은 그걸 토대로 아이디어를 내는 거죠. 저희가 카피를 쓰고 그림을 만들면, 매체팀은 50억이라는 돈을 어떻게 사용할지 플랜을 짜고요. 그리고 경쟁 PT에서 이기는 곳이 계약을 하는 거죠. PT 내용이 마음에 들었다는 전제하에 약간의 수정, (작은 목소리로) '보통 너무 많은 수정을 하게 되지만' 어쨌든 수정을 하죠.

애니메이션이 쓰인다면 애니메이션을 잘하는 감독, 자막을 센스 있게 잘 쓰는 감독, 배우를 기가 막히게 잘 찍는 감독 등 가장 잘 어울리는 감독님들을 컨택해요. 광고주에게는 이런 식으로 만들겠다고 콘티를 설명하고, 감독님과는 어떤 기법으로 갈지 등을 상의하죠. 그렇게 해서 최종적으로 광고를 따냈다면, '프리프로덕션'이라는 단계에서 모델, 의상, 공간 등을 선정하고 언제 촬영을 시작할지 의논해요. 마침내 촬영날이 되면 저희와 광고주 모두 촬영장에 나오고요. 이후 편집실에 가서 감독님이 실장님과 같이 편집하고, 저희가 편집 컨펌을 하고, 녹음을 하고, 그리고 광고주에게 시사를 하고, 수정을 하고, 시사를 하고, 수정을 하고….

수정을 정말 많이 하네요. 기획부터 다시 하는 경우도 있나요?

민철 그럴 때도 있죠. "내가 말한 건 이게 아닌데…" 하는 경우도 있고, 혹은 "상부에 보고했더니 방향이 바뀌었어요. 중요한 건 이게 아니래요." 하는 경우도 있어요. 그런 일들이 아주 많아요.

이런 광고업의 이야기를 드라마, 영화에서 볼 때나 풍문으로 들었을 때 '왜 광고주랑 같이 기획하지 않지?'라는 생각이 들기도 했어요.

민철 그렇게 하는 경우가 있기도 해요. 광고주와의 관계가 어떻게 되느냐에 따라 달라요. 이를테면 광고주와 같이 워크숍을 해서 문제를 뽑아내기도 해요. 광고주도 뭘 하고 싶은지 정확하게 모를 때가 있잖아요. 그럼 계속 인터뷰해서 문제를 구체화시키죠. 문제가 또렷해야 또렷한 광고가 나오니까요.

사실 모두 하나의 일을 진행하기 위해 만난 사람들이잖아요. 그런데 '광고주'라는 존재는 마침 '주님'처럼 보여서, 늘 갑을관계에 있는 건지 궁금했어요.

민철 동료로서, 혹은 저희를 전문가로서 대우해주는 광고주도 있어요. 그렇지만 여전히 케이스 바이 케이스예요.

광고가 온에어되는 매체를 선택하는 것도 대행사의 역할인가요?

민철 대행사 매체팀이 하는 일이에요. 광고주가 원하는 수치가 있어요. 가령 "우리 광고가 한 사람에게 세 번은 노출되었으면 좋겠어." 같은. 그럼 그 수치를 달성하려면 어떻게 해야 하는지 매체팀이 계산해요.

너무 신기해요. 어떻게 그걸 계산하죠?

민철 저도 정확하게는 모르지만, 예를 들어 젊은 여자가 주요 타깃이라면 '그들이 TV를 보는 시간대, 많이 보는 프로그램, 자주 보는 유튜브나 사이트' 등등을 고려해서 시청률 같은 지표들로 계산해요.

엄청 산술적이네요.

민철 그렇죠. 매체팀은 데이터에 기반해서 일하는 반면, 저희 팀은 허공에 집을 짓죠.

이 모든 과정에서 카피라이터는 어떤 역할을 하나요?

민철 카피라이터는 기본적으로 제작팀의 두뇌 같은 역할을 해요. 기획 방향에 맞게 아이디어를 생각하고, 그 아이디어를 구체화시킨 카피를 쓰고, 여기까지는 잘 알려진 역할이죠. 구체적으로 설명하자면, 회의에서 '이 카피랑 이 그림이 이렇게 붙었으면 좋겠고, 이 카피 뒤에 이런 게 붙었으면 좋겠고.' 등의 논의가 이루어지면 카피라이터가 정리를 해요. 필요에 따라서는 기획팀을 만나서 설득하기도 하고요. PT를 하게 될 때는 논리 구조를 짜는 일도 해요. 편집실에 가서 감독님과 실장님이 만든 작업물을 토대로 의논하기도 하고, 녹음실에 가서 성우분에게 "더 어린 목소리로 읽어주시겠어요?" 같은 디렉팅을 하기도 하고요. 이건 제작팀 모두가 함께하는 일이에요.

그런 디렉션을 주려면 팀 전체가 같은 생각을 공유해야 할 텐데, 어떻게 제작팀 모두의 머릿속에 같은 그림이 그려질 수 있나요?

민철 계속해서 아이디어를 공유하고 PT를 해요. 팀워크가 어느 정도 갖춰지면, 우리가 지금 어느 단계에 있고, 여기서 뭘 해야 하는지를 굳이 말하지 않아도 각자 맡은 일을 잘하게 되죠.

여러모로 광고업이 '팀플의 끝'인 것 같아요.

민철 맞아요. 저는 스스로를 같이하는 작업에는 어울리지 않는 사람이라고 생각했는데, 팀장을 하면서는 그 생각이 많이 바뀌었어요. 물론 아직도 혼자 하는 일을 많이 좋아하긴 합니다만.

저는 한 회사에서도 2년마다 직무를 바꿨어요. 적성에 안 맞기도 했지만, 제가 같은 일을 꾸준히 할 수 있는 사람이 아니더라고요. 작가님은 지금 직장에서 18년이나 근무하셨는데, 어떻게 그토록 오랫동안 한 회사에서 일하셨는지 궁금해요.

민철 실은 너무 좋은 팀장님과 너무 좋은 선배를 만난 점이 커요. 팀장이 박웅현, 선배가 김하나였으니까요.

정말 드림팀이네요.

민철 그리고 광고를 하는 사람이라고 하면, 보통 아이디어가 반짝거리고 특이한 사람들을 떠올리기 쉽잖아요. 실제로 그런 사람들이 많기도 하고요. 그런데 저는 반짝반짝하다기보다 꾸준히 뭔가를 해나가는 쪽에 더 가까운 사람이에요. 저한테 하루 종일 창문의 스티커 자국을 지우라고 하면 정말 잘할 수 있어요. 반복 작업을 잘하고, 그 과정을 행복해해요. 다행히 카피라이터의 업무가 카피를 쓰고 아이디어를 내는 일로만 구성되어 있지는 않거든요. PT도 해야 하고, 사람들을 설득도 해야 되고, 어떤 아이디어가 나왔을 때 적합한 사람을 찾아서 연락하고 스태프들을 세팅하고, 이런 것도 할 사람이 필요하잖아요. 저는 그런 쪽에 더 적합한 사람이에요. 그래서 저는 카피라이터였다가 팀장이 된 것이 그야말로 '이직'이었어요. 완전히 다른 일인 거예요. 그전까지는 카피를 작성하고 아이디어를 떠올려야 됐는데, 이제는 그 일을 하지 않아도 되더라고요. 대신 팀원들이 가져온 좋은 아이디어를 배치하는 일을 하는데… 그런 건 제가 잘하는 일이거든요. 정리를 잘해요. 알고 있었어요, 제가 그런 일을 잘한다는 걸.

팀장이라는 자리는 불가피하게 싫은 소리도 해야 하잖아요.

민철 저는 그걸 너무 잘해요, 싫은 소리. 일을 할 때 저는 완전히 다른 사람인데, 한마디로 냉정해요. 팀 사람들한테는 안 그러는데, 예를 들면 같이 일하는 기획팀이라든가, 광고주에게도 아주 냉정하게 말을 하는 편입니다.

우와, 팀원들이 원하는 팀장님이 바로 그런 팀장님이잖아요! 팀원에게는 잘 못하면서 팀 밖의 사람들에게는 친절한 팀장님만 많이 봤는데, 정말 유니콘 같은 팀장님이네요. 든든한 방패가 되어주는 팀장님.

민철 다행히 저는 그런 부분은 잘하는 것 같아요. '상황을 정리하고, 책임지는 게 내가 잘하는 건데 그게 내 직업이라니 너무 좋네?' 하는 기분이에요.

세상에 팀장이 천직이라니요. 업무상 평가를 해야 하는 자리이기도 할 텐데, 팀원들 평가도 하시나요?

민철 네. 평가하고, 고과도 주죠. 저는 매우 솔직한 스타일이라 팀원이 적응을 잘 못하면 따로 불러서 허심탄회하게 이야기해줘요. 솔직함이 팀장으로서 또 다른 무기가 될 수 있겠다고 생각한 지점은 "나 이런 부분은 잘 모르겠는데? 어떻게 해야 하지?" 하고 팀원들한테 저의 부족한 점도 쉽게 노출한다는 거예요. 또 팀원들이 제가 틀린 점을 잘 지적하기도 해요. 저의 허술하고 허당인, 이상한 행동을 보는 사람은 남편과 팀원들이에요. 그들에겐 끝없이 허술함을 노출해요.

팀워크를 위해 의도적으로 노출하시는 건가요?

민철 의도했다기보다는 실제로 제가 그렇게 완벽한 인간이 아니에요. 솔직하게 제 생각과 입장과 이해한 범위, 감정을 표현하면 팀원들도 팀장을 위해 뭔가 해줄 게 있다는 걸 알게 되죠. 가령 아무렇지도 않은 척하고 있지만, 실은 저 사람이 지금 마음이 완전 무너져내리고 있을 것이라는 사실을 팀 사람들이 알아요. 저는 완벽한 사람이 아니고 팀원들이 있어야만 하는 사람이니까, 그걸 그대로 표현하는 거예요.

너무 맞는 말인데, 생각해보지 못했던 시각이에요. 팀원들이 있어야 팀장도 있는 건데!

민철 그리고 또 한 가지는 "우리 팀은 안전해."라는 메시지를 계속 줘요. "너네들 어떤 말을 해도 괜찮아. 여기에서는 다 괜찮아. 나는 너를 그렇게 쉽게 판단하지 않아."라는 메시지를 끊임없이 전달하는 거죠. 물론 무서운 농담을 하기도 합니다. "오늘 고과 좀 매겨볼까?" (웃음) 하지만 팀원들은 들은 척도 안 해요. 제가 그런 식으로 팀원들을 평가하지 않는다는 걸 잘 알고 있으니까 엄청 까불어요.

굉장히 열려 있군요!

민철 네, 매우 열려 있어요. 그래서 팀원들이 문제를 제기하면, 그들이 'OK' 할 때까지 제가 해결할 수 있는 부분을 최대한 해내려고 해요. 팀원들이 달릴 수 있는 길을 만들어주는 거죠. 가장 중요하게는 "우리는 한 팀이고, 같이 일해서 너무 좋다."라는 메시지를 계속 전하려고 해요.

이야기를 들을수록 느껴지는 점이 '난 팀장이야.'라는 권위의식이 전혀 없다는 거예요. 모두가 솔직하게 표현할 수 있는 자유롭고 열린 분위기를 조성하고 있다는 생각도 들고요. 사실 친구 관계를 생각해봐도, 쿨한 사이보다는 서로 솔직하게 서운하고 아쉬운 점, 자기의 허술한 점을 자주 이야기한 사이가 더 오래가잖아요.

민철 맞아요.

조직이라는 구조에서 연령대가 다르다 보니 세대 차이가 있을 수밖에 없는데, 그런 부분은 어떠세요?

민철 제가 올해 마흔셋이 되었는데 저는 옛날부터 빨리 나이를 먹고 싶었어요. 올해가 되자마자 "내가 마흔셋이 되었어.

이제 완연한 중년이니까 공경하도록 해."라고 했어요.

"공경해라."라니! '추앙하다' 급의 임팩트예요.

민철 그 '공경해라.'에 아무도 반응을 안 해줬어요. (웃음)

그만큼 편안한 분위기라는 뜻이겠죠~

민철 팀원들은 계속 바뀌지만, 지금 보면 제일 나이 많은 친구가 89년생이고, 대부분 92년생, 95년생들이에요. 연령대가 어린 팀에 속하죠. 제가 젊은 사람들이랑 잘 지내는 타입은 아닌데 팀 사람들이랑은 잘 지내요. 우리 팀이 되는 순간, 엄청난 보호 본능이 생기는 듯해요.

그 노하우가 궁금해요. '환절기'처럼 실무자에서 관리자가 되는 시기를 어려워해서, 회사를 나오고 싶어 하는 분도 있거든요. 아니면 '난 관리자 체질이 아닌 것 같다.'고 어려움을 호소하는 분들도 많아요. 그래서 팀장님으로서의 이야기도 책으로 내주시면 좋겠어요!

민철 지금 쓰고 있는 책이 팀장 역할, 일하는 것에 대한 책이긴 해요. (인터뷰 이후 『내 일로 건너가는 법』이라는 책으로 출간되었답니다.)

벌써 너무 궁금해요. 실무자에서 관리자로 변모하는 시기에 고민하는 분들한테 선물해주고 싶어요. 작가님의 팀원들이 너무 부럽기도 해요. 다들 회사 가는 걸 좋아할 것 같아요.

민철 그렇지는 않아요. 팀장부터가 회사 가기를 싫어하니까. (웃음) 일요일 밤이 되면 인스타그램에 회사 가기 싫다는 이야기가 속속들이 올라와요. '너네나 나나 불쌍한 건 매한가지구나.' 생각하죠. (웃음)

« '카피라이터'와 '작가'라는 투 트랙 »

카피라이터라는 본업으로도 바쁘실 텐데, 계속 책을 내고 있다는 점이 존경스러워요. 꾸준히 글을 쓰게 되는 원동력이 궁금해요.

민철 회사는 나의 영역이라기보다는 우리의 영역이고, 글쓰기는 나의 영역이잖아요. 나의 영역을 단단하게 지키고 싶은 거죠. 회사 일이 아무리 힘들고 어렵더라도 글쓰기가 있어서 버티기도 하고, 글쓰기로부터 에너지를 얻어서 회사 일을 더 잘하기도 하고요.

감히 비교하기는 어렵지만, 저도 회사에 다니면서 '잇어빌리티(Eat + Ability) 클래스'를 진행했는데 주말에 클래스를 할 기대 덕분에 평일의 회사생활을 견딜 수 있었어요. 원래는 ENFP지만 회사에서는 ISTJ처럼 전혀 다른 성향의 사람으로 일하느라 막혔던 기가 주말에 클래스를 하면 뚫리는 기분이었거든요.

민철 바로 그거죠. 분출구가 되니까요. 광고회사에서 글을 쓰는 것은 사실 나의 마음과는 상관없는 일이에요. 광고주가 처한 문제를 푸는 일이고, 내가 좋아하는 문장이라고 해서 통과되지 않아요. 수많은 사람들을 거쳐야 되고 모두가 오케이 했을 때 겨우 광고로 만들어질 수 있는, 엄청나게 지난한 작업이에요. 그런데 책의 영역에서는 제 글을 굉장히 소중히 다뤄주시는 거죠. 읽어주는 사람들도 달라요. 광고는 아무리 잘 만들었더라도 광고니까 스킵을 하잖아요. 근데 독자분들은 돈을 주고 제 책을 사서 소중히 읽어주시고, 심지어 고맙다고까지 하세요. 이런 세계가 어디 있어요? 너무 귀한 거죠.

중독될 수밖에 없겠어요. 이렇게 달콤한 세계가 있다면, 그리고 그 세계가 오래 잘 구축되고 있다면 회사를 그만두고 싶을 수도 있겠어요. 직장인이 가장 많이 하는 말이 "나 회사 그만두고 유튜브 할 거야."잖아요. 제가 작가님이라면 응당 퇴사 생각을 해봤을 것 같은데….

민철 늘 해요. (웃음) 제 책이 나오면 주변 동료들은 "이번 책은 대박나서 꼭 회사 그만둘 수 있게 빌어줄게요."라고 이야기하거든요. 지금 팀 사람들이랑 일하는 즐거움은 너무 크지만, 팀 외적인 일들도 많이 있잖아요. 그 외적인 일들로 힘이 들 때는 퇴사하고 싶다는 생각을 하죠. 그리고 '사회성의 총량'이 있다면 저는 그 총량을 거의 다 쓴 것 같다는 기분도 들어요. 저는 혼자 있는 걸 너무 좋아하고, 집 밖에 나가는 걸 너무 싫어하는 사람이에요. 어느 정도냐면 작년에 코로나 확진자 밀접 접촉자가 돼서 2주 동안 집에만 있어야 했는데, 격리 기간이 끝나고서도 집 밖에 안 나갔을 정도? (웃음) 지금 하는 일이 어떤 의미에서는 제 본성에 매우 잘 맞지만, 결국에는 혼자 하는 일을 해야 되지 않을까 늘 고민해요.

그럼에도 불구하고, 지금까지 그만두지 않았던 이유가 있다면요?

민철 저는 성격상 한번 끝나면 다시는 이 일을 하지 않을 사람이라는 걸 알아요. 끝! 하는 순간, 진짜 끝인 거예요. 그래서 쉽사리 끝이라고 말을 못하는 거죠.

저는 돈, 명예, 권력 중 명예를 제일 높이 사는 타입이라 언제부턴가 '나는 꼭 이름날 거야.'라고 마음먹었어요. 회사에서 제일 힘들었던 점 중 하나가 이름 없는 담당자라는 것, 그래서 더 재미가 없었어요. 작가님은 '김민철 카피라이터' '김민철 크리에이티브 디렉터' '김민철 작가님' 등등으로 불리는데, 김민철이라는 이름이 세상에 알려진 것에 대해서 어떻게 생각하는지 궁금해요.

민철 스스로에게 엄격한 것과 관련 있을 것 같은데 허명, 그러니까 제가 생각하기에 과분한 이름이 주어지는 것을 매우 싫어해요. '카피라이터'라고 했을 때 거기서 느껴지는 오라

(aura)가 있잖아요. '크리에이티브 디렉터'라는 말도 너무 멋지잖아요. 그런데 그것은 다 내 것이 아니라고 생각해요. 제가 오만방자해지는 모습도 보기 싫고요. '유명해져야겠어!'라는 생각은 하지 않았지만, 솔직히 유명해지고 싶지 않은 건 아닐 거예요. 그렇지 않다면 인스타그램을 이렇게 할 리가 없어요. (웃음) 이 욕구는 솔직해질 필요가 있어요. 실은 어떤 식으로든 '관종'이기 때문에 책을 쓰는 거예요. (웃음) 아니라면, 자기 이야기 그냥 혼자 알면 되지 뭐하러 그렇게 책으로 쓰겠어요.

회사 내에서 CD님이 아닌 작가님으로서는 어떤지 궁금해요. 회사에도 팬들이 많지 않나요?

민철 제 후배가 이런 말을 하더라고요. "내가 김민철이었으면 나는 그렇게 안 산다."고. 모르는 후배들 책상에서 제 책들이 보이기는 해요. 그러나 저는 그들에게 먼저 말을 걸진 않아요. 후배는 본인이었다면 '제 책이네요. 언제 같이 밥 먹을래요?'라고 이야기하겠다는 거예요. 그런데 저는 밥 먹는 사람들도 정해져 있어요. 팀 사람, 아니면 회사 동기 한 명 있거든요. 딱 그 사람들하고만 밥을 먹어요. (웃음)

제가 오늘 이야기 나눠본 작가님이라면 응당 그러실 거라 생각합니다. 그런데 카피라이터로서도 업력이 대단하고, 작가로서도 책을 많이 내셨기 때문에 강연이나 초청 자리가 많을 듯한데요.

민철 90퍼센트는 작가로서 하는 강연일 거예요. 카피라이팅 강의도 하지만, 어떤 업계의 전문가로서 특별한 기술이 있는 것처럼 이야기하는 자리는 못하겠더라고요. 한두 번 정도 요청을 받는데 다 거절했어요. 강의를 한다면 찾아와주신 분들의 갈증을 해결해드려야 하잖아요, 에세이 작가로서는 제 이야기를 하면 되니까 어느 정도 가능한데, 업계 전문가로서는 불가능하다는 판단이 들었어요.

제가 김민철 작가님 같은 업력을 가진 상황이었다면, 아마 날아다니고 난리도 아니었을 텐데요. (웃음) TBWA에 계신 분들이 유독 본업도 잘하면서 사이드 프로젝트도 잘하는 것 같아요. 혹시 회사 자체에서 사이드 프로젝트를 장려하는지 궁금해요.

민철 그렇지는 않아요. 그러나 아마 자극을 받는 부분이 있지 않을까 생각해요. 주변에 동료들이 잘하고 있으니까요. 회사가 특별히 또 막지도 않고요.

겸업을 금지하지만 않아도, 좋은 회사라고 생각해요. 책의 문체를 보고 상상했던 작가님의 모습은 담백하고 나른하면서도 한가로운 이미지였어요. 실제로 만나본 작가님은 갓생, INTJ, 엄격한 관리자 그 자체예요. 작가님의 다른 페이지를 보게 된 기분이었어요.

민철 제 책을 읽다가 저의 일하는 이야기를 들으면 완전히 다른 사람이긴 할 거예요. (웃음)

사회성은 팀원들에게만 쓰신다고 말씀하셨는데, 이렇게 저희 집까지 와주시고 이야기를 나눠주셔서 감동이에요.

민철 안 그래도 팀원들한테 오늘 여기에 온다고 이야기를 못 하겠더라고요. '팀장님이 그걸 수락하셨다고요?'라고 할 것 같은 거죠. 그러다 오늘 퇴근길에 팀원 한 명한테 "실은 오늘 내가 이상한 곳에 가."라고 했더니 "누군데요?" 묻더라고요. "나도 잘 몰라." 하니까 "모르는 사람 집에 가신다고요?" 하고 놀라더라고요. (웃음) 부산에서 마음이 바다와 같을 때 메일을 받아서 가게 됐다고…. 그런데 재밌네요. 오길 잘했어요.

마지막으로 오늘 작가님에게 함바데리카는 어떤 시간이었는지 궁금합니다.

민철 무모한 모험을 떠나는 기분으로 함바데리카에 도착했지만, 결과적으로 아주 즐거운 모험의 시간이었습니다.

에필로그

EPILOGUE

퇴직금 탕진, 그 이후

*

한 사람의 생애에 있어서 공식적으로 많은 사람의 축하와 축복을 받을 수 있는 일은 어떤 것들이 있을까? 아마 탄생 그 자체, 운이 좋다면 돌잔치, 그리고 결혼식 정도가 있겠다. 탄생과 돌잔치의 경우 애석하게도 기억이 나지 않고 결혼이라는 것은 경험해본 적이 없으니, 나의 경우 살면서 가장 많은 사람들의 축하와 축복을 받은 것은 단연 '퇴사한 날'이었다. 정확하게는 '직장인 졸업을 선언한 날'.

2014년 인스타그램 계정을 오픈한 이후로 가장 많은 '좋아요'와 '댓글'을 받았다. 나의 퇴사를 기다리던 사람들이 이토록 많다는 사실에 진심으로 감사했고 벅찼다. 특히 "어떤 일을 하더라도 응원한다." "에리카팝, 하고 싶은 거 다 해." 하는 응원의 말들…. 덕분에 하고 싶은 일을 거리낌 없이 시도해보고자 하는 용기가 일렁였다.

그 시작이 함바데리카였다. 퇴사 자체를 축하하고 응원해주신 분들은 퇴사 직후의 행보였던 함바데리카에도 역시나 많

258

은 관심을 보내주었다. 본격적으로 함바데리카를 시작하기도 전부터 '요리먹구가'라는 직함이 무엇을 의미하는지, 함바데리카는 어떤 프로젝트인지 궁금해하는 분들이 있었고, 덕분에 인터뷰할 기회도 생겼다. 그때 이런 질문을 받았다.

"세금은 어떻게 내요?"

결론적으로 세금을 낼 일은 없었다. 함바데리카는 돈을 받고 운영하지 않았기 때문이다. 밥값은 '일과 커리어에 대한 이야기'로 대신 받는다고, DM으로 신청하신 분들에 한해 설명해드렸다. 게시글에서부터 무료라는 사실을 알리지 않았던 이유는, 함바데리카의 핵심 골자가 될 '일과 커리어에 대한 이야기'를 나누러 오기보다 에리카닭이 차려주는 밥을 먹고 싶어서 찾는 분들이 있을지도 모른다는 걱정 때문이었다.

"그럼 어떻게 운영해요?"라는 질문이 뒤따르는 것도 당연했다. 그에 대한 대답은 "퇴직금이 있잖아요."였다. 퇴직금은 입출금이 자유로운 통장이 아니라 IRP(개인형퇴직연금) 계좌로 받도록 제도적으로 정해져 있다. 아무래도 나처럼 바로 탕진하는 경우를 대비해, 노후자금으로 쓸 수 있도록 번거로운 과정을 추가한 것이라 짐작한다.

하지만 퇴직금을 어떻게 사용할지는 (구)근로자의 자유. 몸에 맞지 않는 옷을 입고 일하는 7년 동안 내내 고민했던 질문, '나만 이렇게 직장생활이 어렵고 힘든 걸까?'에 대한 답을 얻기 위해 퇴직금을 탕진했다고 해도 과언이 아니다. 물론 퇴직금 전부를 함바데리카에 썼다고 하기에는, 운영에 그렇게 큰돈이 들어가지는 않은 점을 고백한다. 다만 그 시간에 다른 노동을 하지 않았음을 감안하면, 큰 비용과 시간을 들였다고는 할 수 있지 않을까 구구절절 덧붙여본다.

공식적으로 신청을 받아 진행한 총 21회의 함바데리카를 통해 25~45세의 다양한 연령대와 각양각색 직업군 여성의 이야기를 들어볼 수 있었다. 이 책에 모두 수록하지는 못했지만 직장인, 자영업자, 프리랜서 등 고용의 형태도 다양했고 그 경계를 아우르는 인물들도 있었다.

"지금 하는 일은 어떤 일이에요?"

"어떻게 지금 일을 하게 됐어요?"

"원래는 어떤 꿈이 있었나요?"

"이 일에 대한 확신이 있나요?"

만족스럽지 못한 7년의 직장생활을 겪은 어느 한 사람의 못난 질문은, 다른 한 사람의 인생 전반에 대한 깊고 복잡한 이야기로 되돌아왔다. 서로의 사연을, 삶을 들으며 "어머, 내가 왜 이러지? 미쳤나 봐." 하며 눈물을 흘린 적도 부지기수

다. 덕분에 이곳에서 만난 모든 인연들은 밥 한 끼 같이한 사이를 넘어 서로의 인생을 진심으로 응원해주는 진한 사이가 될 수밖에 없었다.

한 사람의 인생을 감히 한 줄의 문장으로 요약할 수 없는 법. 함바데리카로 만난 45인의 인생을 감히 하나의 심상으로 간추린다는 것도 당연히 가당치 않다. 그럼에도 불구하고 매 회를 거듭해갈수록 짙게 남는 몇 가지 메시지들이 있었다.

첫째, 어떤 일이든 고민이 없는 일은 없으며, 어느 연차든 고민이 없는 시기는 없다는 것. 경제적 안정은 있을 수 있지만, 그것이 정신적 안정과 결코 비례하지는 않는다는 것이다. 그러니 나와 다른 누구를 부러워하기에도 시기하기에도 혹은 무시하기에도 우리는 모두 각자 다른 고충을 가진 가련한 존재들이다. 그러니 나를 향한, 그리고 서로를 향한 '존중'만이 가련한 존재들끼리 할 수 있는 유일한 선택이라는 생각이 들었다. 함바데리카에서 함께한 시간이 그랬듯 우리는 서로의 이야기를 듣고, 또 묻고, 위로하고, 보듬으며 좋은 말과 좋은 맛을 나누는 시간을 가져야 한다.

둘째, 언제인지는 중요하지 않으니 자신에 대해 진지하게 고민하는 시기가 반드시 있어야 한다는 것. 그 시기가 빠르다면 그만큼 추진력을 얻고 목표를 향해 달려갈 수 있다. 설사 그 시기가 늦었다고 해도 상관없다. 자신에 대한 실질적인 데이터가 쌓인 상태이기 때문에, 더 세밀한 결정을 할 수 있으니 말이다. 누구의 딸이나 누구의 직원이 아닌 오직 이 우주에 홀로 서 있는 나에 대해 생각하는 시간, 세상에 이미 존재하는 모든 것들을 의식하지 않고 내 내면의 우주에 대해서만 생각하는 시간, 그렇게 나에게만 집중한 시간을 보낸 사람들이 견고한 자신만의 세계를 지어가고 있다는 인상을 받았다.

셋째, "Connecting the Dots." 인생에 쓸모없는 우연은 없다는 스티브 잡스의 유명한 명언이자, 함바데리카를 진행하면서 "역시 커넥팅 더 닷츠네요."라며 가장 많이 터져 나온 말이기도 하다. 지나간 과거를 돌이키며 대화하다 보니 지금과 연결되는 부분을 발견한 순간순간마다 이 말이 꽃처럼 피어났다. 달리 생각하면, 지금 지나고 있는 현재는 어떤 미래로 피어날지 모른다는 뜻으로 치환해볼 수도 있기 때문에, 지난한 오늘을 지나는 날이라도 어떤 자리에서 오늘의 씨앗을 이야기하게 될지 모를 내일이 기대되었다.

다시 말하자면, 모두의 존재와 모두의 우주를, 그리고 모든 순간을 존중해야 한다는 것이 함바데리카를 진행하고 내게 남은 교훈이다. 진부한 말 같지만 이 말들을 체화하기 이전과 이후로 사람들과 또 내 삶에 대한 마음과 태도가 많이 달라졌다고 자부한다.

이 글을 쓰는 지금의 나는 이전보다는 나다운 일과 내가 할 수 있는 일들을 하며 '에리카팜'이라는 세계를 건설해가는 중이다. 퇴직금은 예전에 모두 거덜났지만, 안 맞는 일을 하며 벌었던 돈으로 그 시기를 지나며 품었던 의문을 해결하기 위한 비용을 지불했다고, 그렇게 퇴직금을 털어냈다고 생각하기로 했다. 그 비용으로 값을 매길 수 없는 소중한 인연들을 얻었다는 사실은 틀림이 없다. 퇴사 직후, 돈도 있고 시간도 있고 뭐든 해낼 수 있는 희망까지 있던 150%의 에너지로 시작한 '함바데리카'라는 전무후무할 프로젝트를 마치며, 어디선가 '나만 이렇게 힘든 걸까?'라고 생각하고 있을 또 다른 박지윤 씨들에게 이 책을 바친다.

이 책은 이미 단정하게 잘 지어진 성공담을 엮은 것이 아니라, 스스로에 대한 고민과 현재 지나고 있는 모든 순간을 철근과 목조로 삼고, 한숨과 넋두리를 시멘트 삼아 이짝저짝 으샤으샤 뚝딱뚝딱 자신만의 세계를 여전히 건설해가고 있는 여성들의 이야기를 담았다. 부디 이 책이 모두의 어떤 날들을 조금씩 닮아 있기를 바라며, 스스로에 대한 존중이 마를 때 기댈 수 있기를 희망한다.